斯人如彩虹

鲨鲨比亚 ◎ 著

北方妇女儿童出版社
· 长春 ·

版权所有　侵权必究

图书在版编目（CIP）数据

斯人如彩虹 / 鲨鲨比亚著. -- 长春：北方妇女儿童出版社，2018.5
（给青春的小情书）
ISBN 978-7-5585-2226-0

Ⅰ.①斯… Ⅱ.①鲨… Ⅲ.①短篇小说 - 小说集 - 中国 - 当代 Ⅳ.①I247.7

中国版本图书馆CIP数据核字(2018)第058229号

斯人如彩虹
SIREN RU CAIHONG

出 版 人	刘　刚
特约策划	师晓辉
责任编辑	吴　强　周　丹
特约统筹	陈　凡
特约编辑	张　丹
绘　　图	那　仁
书籍装帧	胡静梅
美术编辑	赵艳红
作家经纪部	卢晓凤
开　　本	880mm×1230mm　1/32
字　　数	177千字
印　　张	8
版　　次	2018年5月第1版
印　　次	2018年5月第1次印刷
印　　刷	河南文华印务有限公司
出　　版	北方妇女儿童出版社
发　　行	北方妇女儿童出版社
地　　址	长春市人民大街4646号
	邮编：130021
电　　话	0431-85678573
定　　价	29.80元

如发现印装质量问题，请与印务部联系退换，电话：010-51908584

目 录
○ CONTENTS ●

001　你好，胖姑娘

025　木兔

043　碎片

065　我的四月天晴

083　我的王子

103　小小世界任意行走

125	没有我的伦敦你是否会寂寞
141	萌小孩
161	听听
179	白月光
199	玻璃
219	附录：妈妈咪呀

云襄听到自己的名字,镇定起身,缓缓她迈着沉稳的步伐向主席台走去,如同漫步于辽阔的非洲大草原上的大象,没有天敌,威严且镇定。

和端坐主席台上的老师们满脸亲切的笑容形成鲜明对比的,是台下不少同学发出的嘲弄的窃笑声。

云襄走到指定位置,拿起属于自己的奖状,凑近麦克风:"你!对,说的就是你!"她指向离她最近的一个笑得满脸猥琐的男生,"你笑什么笑?我相信我和你之间的成绩差一定大于我们之间的体重差!"

此言一出,所有人都蒙了,然后更响亮的一波嘲笑爆发了。云襄直接将麦克风从架子上抽下来,贴在嘴边:"不许笑!"气势十足的断喝声在音箱的加持下,产生了雷霆万钧的效果。

"不……许……笑……"回声在操场上壮烈地回荡,所有人都一副被雷劈中的表情。

"是了,没错,我体重超过140斤,但你们想过没有,本人智商也超过140!以后考顶级名校拿百万年薪根本轻而易举,而你们这些除了看得懂脂肪,其他什么也不懂的家伙,我估计你们以后连受过训练的狗狗都能胜任的保安工作也未必找得到吧?你们哪来的自信嘲弄我?统统给我闭嘴!"

主席台上坐着的老师们和台下站着的学生们脸上一致保持着瞠目结舌的表情。云襄像是没察觉到自己方才展现的核爆级的震撼力,用胖鼓鼓的手指将奖状卷巴卷巴往腋下一挟,再次迈着缓慢却自信的步伐,施施然走下了主席台。

桑甚也和所有人一样，傻乎乎的，一时回不过神来，同时，他的脑海里只翻腾着一个念头：这姑娘，太帅了！帅炸了！敬仰之情如潮水般漫上胸口，这令他产生一种窒息般心悸的感觉。是的，没错，在此时此刻此地，他喜欢上了这个帅炸了的胖妞。

二

云襄收到一张字条。从练习本上撕下来的纸，上面整齐地印着浅浅蓝色的横线，对折着，展开后上面只有三个阿拉伯数字：170。云襄诧异地看着将字条交给她的隔壁班男生，桑甚觉得在她目光的碾压下，自己正越缩越小。

"这是什么？"云襄抖了下字条问。

"体重。"

云襄的眼睛眯了起来，脸上的表情危险得让桑甚想要落荒而逃："你什么意思？"

"这是我……我的体重。"桑甚诚惶诚恐，极力想要绷住自己正不停颤动的声线。

"你的？"

"我的曾……曾经的……的体重。"

"所以？"

"我就是想告诉你……一下。"

云襄抬手"啪"地将字条拍到了桑甚的脸上。

"我真的没有别的意思。"桑甚试图解释。

"呵呵。"

"我就是想告诉你我喜欢你。"

三

"死变态!"

云襄揉着手里那张写着170的小字条,哪有人会喜欢一个横看成猪侧看成象的女孩子?睚眦必报的云襄决定凶残地报复这个莫名其妙跑来说喜欢她的死变态!她在脑海中栩栩如生地想象着她卡住桑葚的脖子,逼他把这张小字条吞咽下去的画面。

结果第二天桑葚在放学路上拦住她,顺便递过来一盒贝壳巧克力,美食当前,云襄智商短暂失灵,她下意识伸手接过了巧克力。

"现在你相信我了吗?"

云襄看着被自己捏在手心里的巧克力,忽然明白什么叫烫手的山芋,可是对于一个真正的吃货来说,哪怕是烫手的山芋也要趁热吃下去!

桑葚看着云襄撕开包装,抓起一粒巧克力塞进嘴里,正松了口气的时候,就听云襄道:

"你是审美观天生畸形,对吧?"

"啊……"

"正常人怎么会喜欢死胖子?"因为嘴里塞满巧克力,云襄的发音有点儿不清晰。

"因为……我全家都是胖子。"桑葚不太确定地回答。

爸爸是胖子,妈妈是胖子,爷爷奶奶是胖子,外公外婆还是胖子,一大家子走出来就像一群出巡的大熊猫。

170斤,这是桑葚人生的巅峰之一,体重的巅峰,磅秤上显示他已170斤的时候,他身高还没160厘米!是的,撇开现在高大匀称的身材不谈，桑葚也曾是个胖子，一个天生的胖子，一个真正的胖子！简而言之，桑葚就是在一个到处都胖乎乎肥嘟嘟的圆润环境中长大的，像是一个自小生长在填满PP棉的玩偶帝国、无忧无虑的小王子。

被迫接受胖是一个缺点，是在上学之后，他因为肥圆的身体和迟缓的动作，饱受欺凌和羞辱，而他偏又是那种受了委屈还能露出讨好微笑的没出息的性格，以至于毒舌的同学为他取了一个别致的外号：微笑木偶综合征患者。

那时他从来不敢反抗恶意欺凌，看见云襄公然抗击，桑葚觉得她是自己那些年在夜晚默默流泪、哭泣祈求保佑的肥胖者保护神。

云襄是140斤的体重没错，但她确实是他的女神。

四

春天的风越来越温润柔和，枝头的绿叶像吸了水的皱纸，一天比一天舒展。

云襄将校服衬衫的扣子解到了第三个，露出一截圆白的打着褶子的脖子，有几个男生路过她身边，摆出打量一头猪的表情，嘻嘻哈哈笑望着她。云襄刚要发作，桑葚踩着车过来，双脚撑在地上将脚踏车停住，说："来，上来。"

"上哪儿？"云襄不敢相信桑葚是在邀请自己跳上他脚踏车的后座。

桑葚扭头望着车后座，点点头。云襄眨了眨眼睛，五官都有轻微的移位。为了捍卫自己非一般的体重，胆敢在校会上公然和人呛声的云襄竟然破天荒地露出了局促胆怯的表情，像是为自己的超重感到难堪和抱歉："可是我……那么重，你载不动的。"她真的害怕自己会

压坏他的车。

"我载得动你。"在云襄面前一直表现懦弱的桑甚难得地强硬了一回,"来,上来。"

云襄最终跳上了车后座。周围那些讪笑着等着看她笑话的模糊嘴脸促使她做了这件出格的事情。她能感觉到她跳上车后车身的下沉,有那么一瞬间,她很害怕她会连人带车一起摔倒,成为全校人的笑柄。但桑甚稳住了,从他绷直的后背云襄看得出他用了多大的力气,莫名地云襄有点儿感动。

上次吃了他一盒巧克力,云襄决定用"不把他拖去阴暗角落胖揍一顿"作为回报。现在,她该回报他点儿什么?

每个女孩内心深处都有一个关于骑士和公主的梦,体重爆棚智商爆棚武力值也爆棚的云襄也一样,可是到哪里去找和她匹配的骑士呢?那得胖到什么程度?

170……斤?

"你真的喜欢我呀?"桑甚听见背后传来云襄的声音。"那如果你重新胖回170斤,我就相信你喜欢我。"

云襄意识到自己在智商重启的过程中说了什么的时候,桑甚已经因为吃惊过度而失去平衡。轰——

摔倒在地上的云襄羞愤地看着被压得变形的车辐辘:"滚蛋吧你,你才不喜欢我!"

"为……为什么?"桑甚来不及去检查擦伤的手掌,虽然说再胖回去比瘦成现在这样要容易一千倍,但跳崖也比爬山容易呀。

"因为170配140比较不那么变态!"云襄声嘶力竭地喊。见桑甚不再回答,云襄爬起来一瘸一拐地走开了。

五

扭伤的脚踝一周后痊愈了，桑葚也撕掉了手掌上的创可贴。"云襄，我希望你给我个机会向你解释一件事。"

云襄目光深沉地看着桑葚："什么？"

"我并不是个变态。"桑葚认真的口气让这句酸爽的话语听上去格外地销魂。

他到底是怎么一路考上大学的，按照这种智商，不是应该还在幼儿园留级吗？云襄的目光变得更加深沉。

"小时候我自己就是个超级胖子，那时我就想过，如果有个瘦瘦的很漂亮的小朋友来和我说：'桑葚你很可爱我很喜欢你'，我一定开心死了。"

云襄不等桑葚说完就打断他："所以你是在下意识的心理补偿的机制的驱动下利用我来治疗你的童年创伤？"

"啊……"

"所以，你的解释无效，你还是个死变态！"云襄总结。

"因为你很帅！"

"啊……"终于换云襄无语，太新鲜了，帅？从小到大没有任何人将这个字眼用在她身上。

"并……并不是每个人都有直面别人恶意的勇气，更何况那么多人聚在一起试图羞辱你、伤害你。那天校会上的你，就像被一群鬣狗围攻的狮子，但最后你还是赢了，威风凛凛地退场。"桑葚越说越顺畅，眼神也越来越崇拜，"这种挺身而出的勇敢，就像在战场上敢于一马当先冲进敌阵的铁血大将。"

云襄想象了一下那个画面，总觉得自己会在冲锋陷阵之前压垮那匹可怜的马。

"所以我并不是个变态。"

云襄露出痛苦的表情：这人的逻辑到底渣成什么样了？他是怎么从上面的论述跳到"我不是变态"的结论的？

"我喜欢你，因为你很勇敢，像个大英雄。"

天底下会有男生向女生表白时说她像个大英雄的？云襄再次觉得自己受到严重的冒犯："校会后我找了个没人能看见的旮旯，哭了！"

不管人前表现得多么强悍，云襄到底也是花季少女，因为外形丑陋而受到广泛嘲弄，这对她的伤害不啻万箭穿心。桑葚震惊地看着云襄。

"你要敢说出去，我……我捏死你！"

六

不管桑葚怎么解释，云襄还是认为他不正常。因为家人都胖，所以天然地对她这样的胖女孩心怀好感？她家里也全是胖子啊，但她还是喜欢宁泽涛之类的体形健美的男生呀。桑葚虽然长得一般，但身材就是那一挂的呀。

大英雄、铁血将军、狮子什么的，是可以用来形容一个女孩的吗？这家伙肯定是脑子有病。

因为临睡前一直在想桑葚的事，第二天云襄醒来时悲催地发现她竟然做了一晚上关于桑葚的梦，梦里她甚至还花痴地对他微笑了。洗漱时云襄抬头看看镜子里的自己，她咧咧嘴试图挤一个笑容，然后被这可以媲美刚刚发完癫痫的猪一样的笑容惊到了。

连她自己都觉得镜子里那个胖得变形的女孩好恶心，怎么还有别人能够喜欢她？云襄扯下毛巾，用力擦了擦湿润起来的眼角。

×

只要是课余时间，桑葚都用来追随云襄。不管云襄怎么撵他，他都用一副"我就静静跟着你跟到你喜欢我"的无赖表情回应。

这天桑葚追着云襄刚离开食堂，有人走过来，瞧了瞧桑葚忽然说："桑葚？"桑葚抬头一看，是他们班的班长祈若林。班长大人竟主动和他打招呼，桑葚有点儿受宠若惊，刚准备说什么，就见祈若林的目光在桑葚脸上瞥了一下："你为什么随身带着口粮呀？"

桑葚愣了大概三秒钟才反应过来祈若林在说什么。虽然和这位班长大人一点儿都不熟，但桑葚觉得他为人还算友善，就是有几分优等生特有的高冷，桑葚从未见过他对谁这么毒舌。

"呵呵。"云襄笑起来，像咳嗽似的从喉咙里咳出两声假笑，圆鼓鼓的面颊绷得紧紧的，看上去像个摆了太多天已经硬得无法下口的白面馒头。

"桑葚，你朋友呀？"她不看祈若林，却盯着桑葚问道，"他是不是有病？已经肠癌晚期了吧？我听说得这个病的人很可怜，发展到最后排泄物都能从嘴里喷出来。"桑葚只觉得他耳朵内部像被什么锋利的东西扎了几下。云襄果然什么都不输人，包括毒舌。

"你说什么？"祈若林暴怒。

"呵呵。我们之间难道存在物种差异吗？人话你听不懂？"

桑葚能清晰地看到祈若林手臂上的肌肉都在校服衬衫下暴突起来，

脸侧和脖子上更是青筋暴起，真心很像动画片里人形怪物变身前的状态。

桑葚急忙将云襄拉走。"你干吗？怕他揍我？开玩笑，打架我会输给他？"云襄不满地嚷嚷。

桑葚原本以为这是云襄撂的一句狠话。但放学的时候，云襄不知怎么七拐八拐甩掉了试图跟上来的桑葚，等桑葚好容易在一条巷道里瞥见云襄胖嘟嘟的背影时，祈若林正背靠着墙壁在巷子里蹲着，莫名其妙地用校服包裹着自己的头，桑葚路过时好心问了句："你怎么了？"

"滚——"祈若林颤抖着低吼，声调都变了。

桑葚只好不管他，追上云襄时，发现云襄心情很好地在哼歌。

八

桑葚曾用"被鬣狗围攻的狮子"来形容云襄，云襄认为他说得不对，她其实是鬣狗和狮子的综合体，公然的威风她摆得出，暗地的卑劣她也使得出。

就算她真的能在情势危急时一马当先冲进敌阵，她也不可能是为了激发士气，只可能是想自保。

也许是天性使然，也许是因为她感受过太多来自他人的恶意，云襄的体形和笑口常开的弥勒佛一样，但内心绝对不是。

不知道为什么，男生永远不会把自己被一个女生揍趴下这种事说出来，至少云襄还没遇到过，祈若林也没向任何人透露过那天在小巷到底发生了什么。桑葚却开始对每一个好奇追问他"你为什么老跟着云襄"的人回答："因为我喜欢她。"

自诩聪明的云襄却想不出能让这个死变态闭嘴的有效对策。

九

　　云襄和祈若林再次狭路相逢仍是在食堂门口，不过这次祈若林不是一个人，身后跟了几个男生。

　　"不要什么东西都带出来遛，影响市容。"祈若林冷笑一声。

　　"有些狗出街需要戴口罩，不然乱咬乱喷都影响治安。"云襄不假思索地骂回去。

　　"云襄，你到底横什么？不知道这世上有个地方叫肉联厂？"

　　桑葚在一旁不得不佩服这些优等生的智商，这么别具一格的骂人的话都不需要打个草稿就能脱口而出。

　　"嘀，如果我现在就地解决你，你是不是连屠宰场工人平时杀的猪羊鸡鸭都不如？"

　　"你解决我？你凭什么？"

　　"呵呵，说得好像我没解决过似的。"

　　祈若林的脸一下子紫涨起来。桑葚不知道其中的内情，只怕云襄会受伤，用力将她向他身后一拉，然后不知道怎么搞的，两人都摔出去，桑葚跌在地上，云襄跌在他身上。

　　祈若林和那些男生狂笑起来。云襄刚准备爬起来教训他们，就听见桑葚闷闷的呼痛的声音，再看他的脸色，已是惨白如纸。

　　云襄吓得魂飞魄散："你怎么了？"

　　"好痛。"桑葚艰难地抬手捂住胸口。他被火速送入医院急诊，医生说："肋骨断了一根，什么东西压的？差点儿戳中心脏，挺险的。"云襄听完这句话就从医院里跑出来了。

十

桑葚在家休养了大半个月，返校时"云襄压断了桑葚的肋骨"的笑话仍在盛传。最近校园里最劲爆的八卦的关键词都和云襄有关，比如，那头猪竟然减肥了，减得太狠还在教室里晕倒了。

桑葚第一时间奔到云襄的班级，不顾旁人看热闹的目光敲了敲窗户玻璃，引起云襄的注意。云襄抬起头，瞥了桑葚一眼，立即垂下了眼帘，就好像她根本不认识他。桑葚觉得自己像挨了一记无形的耳光，很重很重的一记耳光。过去他像小狗一样跟着她不放时，她虽然嫌弃他，但从来不会不理他。说起来，他这次受伤不管怎么说和云襄也是有点儿关系的，但云襄一次都没探望过他，甚至连一通问候电话或短信都没有。

没过几天，云襄又因为减肥过度而晕倒，这次是在体育课上，直接面朝下摔在操场上，脑门上纱布刚摘掉，下巴又给兜住了。眼下这个好像遭到天谴的云襄，让和她有过节儿的譬如祈若林之流看着都觉得解恨，但是仇者快时亲者痛呀。是为了她不小心压断他肋骨的事而内疚才决定瘦下来的吗？

"那只是个意外。"云襄正将餐盒里的午餐倒进垃圾桶时，桑葚出现在她身后。

"你给我滚！"云襄忽然转身将没倒完的盒饭砸在桑葚脸上，隔着饭粒和菜叶，桑葚模糊地看见了云襄流泪的样子。

是真的哭了吗？桑葚想起云襄说过她在那次校会后曾躲到无人的地方去痛哭过。可是……这一次为什么要这么伤心？

十一

节食这条路行不通，不代表就没别的办法了，云襄去了健身房。两周后，一些细心的女生开始察觉云襄的变化，似乎比闹出节食晕倒的笑话前更精神抖擞了，要说瘦吧，并没有瘦多少，但整个人却被什么东西支撑住了，变得格外挺拔。

通往主教学楼的宽大台阶上，一步三个台阶快速上楼的云襄不小心弄掉了装在口袋里的健身会员卡，旁边的男生捡了起来，发现了卡片的玄机，哈哈大笑："你还健身？"

这个人是祈若林的好友，对云襄的态度自然是不甚友善："跑步机都能给你压坏吧？"

云襄左手夺过健身卡，右手挥拳往男生脸上招呼去，却在最后一刻停住："喂，我在健身房除了跑步，还练拳击的。"

男生大概是感受到了狠戾的拳风，脸色变得煞白。

周围的同学像被狂风卷开的树叶一样四下散去，云襄冷笑一下，拉拉书包肩带准备离开时，却发现桑葚也站在人群中，像看怪物一样，敬畏地望着自己。云襄收回了拳头。

天气一天比一天炎热，那些曾大肆嘲讽云襄因减肥而晕倒的人渐渐失声，云襄就像每天都被具有魔力的橡皮擦擦掉一圈轮廓那样瘦了下去。

期末考结束时，她虽然依旧体形圆润，但到底不再是"一个抵俩"的痴肥级别了。

被云襄用盒饭兜头砸过后，桑葚像只被打怕的小狗，不敢再随便接近她了，其实也不是怕她再拿什么丢他，他怕的是她又哭给他看。

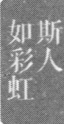

一想到一整个假期可能都看不到云襄了,桑葚心中十分惆怅。

磅秤上的数字每天都在变化。

99。云襄不相信自己看见的数字,像个强迫症患者那样在磅秤上上下下了好多回,每次液晶屏上显示的数字都是两位。她已经等不及在秋季学期开学第一天让桑葚和别的同学对自己的变化大吃一惊了。

"我在××甜品店。"桑葚不敢相信地看着手机上显示的发自云襄的短信,短信最后写了两个阿拉伯数字"9",这是什么意思?

是发错了吗?是发错了吧。抱着万分之一的希望来到甜品店,桑葚在寥寥无几的客人里环顾一圈,也没看见云襄的身影。果然还是发错了呀。

"喂,170!"美少女从靠窗的卡座上站起来,用力对桑葚挥手。桑葚不敢相信自己看见的,可是,天底下会用"170"来指代他的人,只有云襄啊。眩惑的感觉从他见到云襄一直持续到他坐下,耳朵里竟然还产生像是有炸弹在身边爆炸后引起的轰鸣。

"没办法让你变成170来陪我,只好我自己变成99来陪你。"压断了自己所喜欢的男生的一根肋骨呀!就算再没廉耻心的吃货也会在这种奇耻大辱的驱策下戒绝一切美食的。

是的,她是喜欢桑葚的,一直都是,在他对她说出"我喜欢你"的那一刻她就喜欢他了。就像桑葚说的,他肥胖时曾幻想有可爱的瘦小孩来对他说:你真可爱,桑葚,我喜欢你。如果那样,他一定非常快乐。

是的,真的非常快乐,在最糟糕的时候得到的善意和真诚的示好。云襄第一次主动碰碰桑葚的手:"以后,那根肋骨我负责赔了。"

十二

窗外细雪纷飞,刚刚开始的寒假让甜品店的上座率难得地增高不少。桑甚诧异地看到祈若林向他和云襄这边走来:"好巧,你们也在这里。"

不参加国内的硕士研究生考试直接申请国外的大学,本科一毕业就出国已成为桑甚他们学校的一种潮流,尤其是像祈若林和云襄这种家境富裕的优等生,更愿意选择这样的求学之路。祈若林来找云襄是说一个数学竞赛的事,决赛在美国举办。云襄对祈若林还算客气,有问有答谈了好一会儿。桑甚在一旁听着,他俩对谈的内容夹杂着一些英文单词和特定内容,有一多半他都没听懂。

祈若林双手撑在桌沿,身体微俯,云襄仰头看着他,尖尖的下巴和脖子之间形成一道微妙的弧线,而祈若林下俯的视线也显得特别温柔。桑甚无法遏制地生出一种自惭形秽的想法,他们才是一个世界的人啊。

"我不是很有兴趣。"

"啊,好遗憾,还想如果能一起进决赛,可以结伴同去呢。"

精英间的对话终于告一段落。祈若林离开后,云襄像是想起了什么,和桑甚招呼了一声,追了出去。桑甚隔着玻璃窗看着他们俩站在街边交谈。他见到祈若林先是满脸笑容,然后神色大变,随后露出痛苦不堪的样子,云襄一直笑眯眯的。

"你对祈若林说了什么?"云襄回来后,桑甚不解地问。

"没有呀。"云襄拿起没喝完的饮料吱吱有声地喝起来。以桑甚这种幼儿园小朋友般的单纯心智,他想破头也想不出她会怎么用言语为箭,三言两语就扎得祈若林满身窟窿。

其实,云襄是这样说的:"祈若林,等等,有个问题我很想问你。其实你一直都喜欢我的吧,只不过过去的我是个肥胖的丑女,承认喜欢我对你来说是奇耻大辱,所以你格外地针对我。你这么贱,你自己知道吗?"

"那,决定不去参加那个比赛吗?"

"不。"

"可是祈若林说申请美国名校可以加分的。"

"我又不申请。"

"你……你不打算出国念硕士?"以她这样进取霸气的性格会不想去国外开阔眼界、打败各种肤色的精英?

"不打算。"云襄不假思索地说,"明天去看电影呗,上次你说你特别喜欢《冰雪奇缘》。"

年过十六的少年一本正经地说自己喜欢那种电影,还强调看的时候热泪盈眶,这种话真的也只有桑甚说出来,云襄才不会觉得恶心。

"又有新片上映了,是原班人马打造的。"云襄将手机举高给桑甚看。

十三

《超能陆战队》再一次把泪点能拉低全人类平均值的桑甚看得热泪盈眶。

冬季的夜寒冷阴湿,但因为刚从中央空调温度调得太高的影院出来,反而觉得呼吸畅爽,云襄一边走一边小幅度地蹦跳,嘴里还唠叨不停:"哇,我觉得我俩合体以后就可以去演大白了,你演温暖治愈的那个,我演切换芯片后冷酷无情超级能打的那个。"

桑葚微笑看着云襄,他忽然意识到一件事:过去的云襄是不会这么说话的,和他在一起后,她似乎传染了他的呆萌。又或者,她是故意在迁就他,就像她选择不出国。

"我……"云襄不留神踩中了地上一小摊还没化干净的积雪。

"小心!"桑葚抓住云襄的肩膀紧紧一扣。云襄身不由己地侧转着扑到桑葚怀里。

"没事吧?"

云襄摇摇头,嘴角噙着笑,方才为了借力,她的手紧紧攥着桑葚肩膀靠近衣领的地方。桑葚等她松开手自己站稳,但云襄没有,反而抬头看着他,亮晶晶的大眼睛里浮现起一种他从未见过的光彩,好像一个小孩子想要什么东西却又不敢讲出口。

"云襄?"明明没有下雪,但桑葚却忽然感受到一种类似落雪时的静谧。路灯映亮的这一方天地里,像是忽然充满了肉眼看不见的飞舞着的小精灵,一起在他耳边呐喊:"亲她亲她亲她呀!"

"没事就好。"桑葚握住云襄的手,将它从他胸口拉开。云襄退到一边,没有说话。"我送你回家。"

"不用!"云襄生硬地拒绝,大踏步地离开了。这之后直到开学这段时间,两人没有再联系,冷战终结在小别后的第一次相遇,桑葚看见云襄站在几步开外主动对他笑起来的时候。

"云襄。"

"桑葚。"

不知不觉,他们已经走得这么近了,不用解释都能和好。

十四

"你觉不觉得祈若林最近有点儿怪怪的?"

桑葚将云襄丢过来的她不想吃的食物吃掉,若有所思地看着坐在几张餐桌之外的祈若林。原本神采飞扬的少年一个人坐在那里,看上去有几分失魂落魄。

云襄连头都懒得回,只挑了一下眉。祈若林意兴阑珊的样子她早留意到了,这证明了她的推测一点儿没错,在她胖得惨不忍睹的时候祈若林就是喜欢她的,如此残酷的揭穿有效打击到少年的自信心及内心最柔软的地方。

"你能不能别老盯着他不放?你女朋友到底是谁呀?喂,难道你性取向变了?"

"什么呀。"桑葚只好将视线收回来,埋头吃饭。

云襄转身看了看祈若林,他身上到底有啥值得同情的地方,能令桑葚对他瞩目那么久?云襄试图用桑葚的价值观打量祈若林。就是唇色白了点儿、头发乱了点儿、精神不振而已呀。祈若林忽然抬头,对上了云襄的视线。因为太仓促来不及掩饰,云襄第一时间辨认出这个曾经强大骄傲的少年眼中的痛苦,有什么正在他瞳仁深处慢慢腐蚀的感觉。

桑葚是因为看懂了这个,所以才关注祈若林的吧?而她,则瞬间涌起再上去践踏一脚的冲动。得罪过她的人,哪怕死在她眼前,她都不会皱一下眉头。

云襄忽然起身向祈若林走去。"祈若林。"

祈若林戒备地抬头看着云襄,整个后背都贴在椅背上。

"对不起。"云襄看到桑葚已经从座位上站起来,不解地望向这里,"那天的话,只是随便说说,你不要当真。"

云襄轻声道了歉。这番话只有祈若林能听见,不放心走过来的桑葚什么都没听到。

"你们在说什么?"

"我就损他两句,问他是不是寒假去穿越了搞得这么憔悴。"云襄不想向桑葚承认她刚才像被他附体似的说出那么慈悲的话。桑葚无奈地笑笑,信以为真。

十五

明明才大二而已,学校里已经传出有人拿到名校offer的喜讯。

春暖花开的时候,云襄和桑葚走在禁止车辆通行的小街上。小街两边都是暗青色的石墙,映衬得周围正在盛放的迎春、玉兰更加璀璨。

"喂,你!"云襄忽然向对面一个举着手机的男孩子喝道。一直埋头走路的桑葚不解地抬起头,对方是个穿着校服的男孩子,大概刚上初中,细长的四肢,一脸稚气:"拍……拍照呀。"

"拍什么?"

"花……"

"我不信,手机给我看看。"

桑葚拉拉云襄,想要制止她,但云襄已经伸手抢过了男孩的手机:"这是花?没错背景是有花,但这个呢?还有这个呢?你没事干吗偷拍我们?"

"姐姐,我不是故意的,我是想拍这个小街,看你们好漂亮,所以就也拍了一张。"男孩涨红了脸解释。

桑葚认为他说的是实话，他向男孩的手机上看了看，果然是把他和云襄拍进去了，大概因为光线的缘故，他和云襄在照片里都显得比平时要更青春洋溢。尤其是云襄，皮肤吹弹可破，眼睛亮若星辰，真心是人比花娇。

"算啦。"桑葚柔声劝道。

"算什么？！"云襄不顾男孩的抗议，低头在他的手机上操作着，"我已经删了。"她将手机还给都快哭出来的男孩。桑葚在一旁觉得无言以对。

"骗你的啦，"云襄道，"只是在记事簿里输了我的邮箱地址，回家记得将那张照片发给我。"

小男孩惊喜地看着云襄："好的，姐姐，一定的。"

其实云襄最初是打算二话不说将照片直接删掉的。开玩笑，她也是能随便偷拍的？但也不知为什么就改弦易辙了。因为怕惹桑葚不高兴？可是桑葚根本就天生缺乏"不高兴"这个情绪好吗？明明是一路默默跟随着自己的人，可是，他真的开始影响她的步调了。

"云襄，景岳要去英国的事，你听说了吗？"

仍沉浸在自己思绪中的云襄随意地点点头。景岳，曾是云襄有力的竞争者之一，但从未真的赢过她，可是这一次景岳确实走在云襄前面了。"因为……自己吗？她在迁就自己吗？"桑葚默默地问自己。

学校组织去郊外春游，放风筝的同学忽然惊呼起来："看，老鹰。"真的，有只苍鹰在高空盘旋，即使隔得这么远，即使它看上去颇为孤单，但振翅而翔的势态依然那么气势天成。

"在看什么？"云襄走到都快把脖子仰断的桑葚身旁。

"你呀。"脸庞后仰的时候，眼泪是会斜淌出去的，桑葚在心里做了决定。

十六

"你到底在说什么?"

"就是我家那只三花猫,"桑葚硬着头皮想将他事先准备好的说辞讲完,"当我还是个胖子的时候,面颊软乎乎的,肚子也软乎乎的,比什么枕头垫子都舒服,猫咪最爱趴在我肚子上的,但我瘦下来后,它就对我敬而远之了。"

"你到底在鬼扯什么?"云襄忍无可忍地大喊起来,甜品店里别的客人都吃惊地看向他们。"你因为这个要和我分手?"

"是。"桑葚觉得他的头皮已经硬得像块铁板一样了,"可能我真的就是个死变态,我就是喜欢死胖子。"

向云襄表白的时候,他从未想得那么长远,从未想过他们之间的差距。体重在决定一个人核心竞争力的因素中根本如浮云般无足轻重,不管云襄是140斤还是99斤,她的智力能力都是卓尔不群的。而他不管是170斤还是130斤,他恐怕都只能成为云襄曾说过的那种"连受过训练的狗狗都能胜任的保安工作也未必找得到"的笨人。

"对不起。再见。"

"你……你给我滚回来!桑葚!桑葚——"

十七

暑期的时候,桑葚想,也许开学以后云襄就会彻底将他抛诸脑后,毕竟瘦身后的云襄漂亮得无可挑剔,完美地诠释了"胖子都是潜

力股",想获得她青睐的男生多如过江之鲫。祈若林就是其中之一,得到云襄的安抚后他迅速收拾起受创的自尊心,然后公开开始追求云襄,以至于云襄恶狠狠念叨了好几次:"好人果然不能做!"

云襄当然没有那么轻易地原谅他,桑葚几乎每天都能收到云襄的一条辱骂或恐吓短信。

"你拿你自己和猫比,你果然就是个死变态!"

"世界上最肥的女人1090斤,怎么样,要我给你发个征婚启事么?哦,不对,这女人早两年已经死了!你要去找她么?"

"我告诉你,我捏死你比捏死一只蚂蚁还容易,你每天睡觉前最好检查一下你家的门窗是不是都关严实了!"

……

每天短信之后都跟随一个古怪的数字,103、101、107、113之类的,桑葚以为这是云襄自设了一个怒气值评判标准,每天根据这个打分,她貌似是越来越气了。

120、129、133、138、140。

"你给我滚出来,我在你家楼下!140!"

桑葚捧着手机胆战心惊地思量的时候,楼下隐隐传来"桑葚,桑葚"的呼声。

"儿子,好像有人喊你。"桑葚妈从厨房探出头提醒。

桑葚无奈地下了楼,看见云襄的第一眼,他的眼泪就扑簌而下:她……竟然又胖回来了。

当初云襄要求他增肥回170斤,他根本没想过要答应,对于一个瘦身成功的死胖子来说,不会有什么比重新胖回去更可怕了。

"你说过你喜欢死胖子的!"云襄的脸不知道为什么涨得通红,

"我现在又是死胖子了,你再敢说不喜欢我——"云襄忽然取出一把瑞士军刀,腾地亮出其中的小匕首,"我和你没完。""完"字刚说完,桑葚已经咧嘴大哭起来。

桑葚妈一边炒菜一边向楼下张望,越看越不懂,怎么儿子一下就哭了?怎么那胖姑娘也哭了?还有,同样胖胖的桑葚妈觉得那个胖胖的矮姑娘真的是好看、可爱!

十八

"我不想拖累你,让你不能飞。"

后来他们又去了一次郊外,这次没再看到老鹰,桑葚告诉云襄他的担忧。

"可是,没你的拖累,我一定会飞到错误的地方去。"云襄深知自己凶悍的本性,以她的能力肯定会一步一步收获巨大的成功,但没有桑葚在她身边,她极有可能会滥用这份成功,桑葚平和恬淡的气场一直在悄然地调节着她天生的戾气。

曾经的130配140也好,130配99也好,如今的130再配140也好,其实这都不是重点,重点从来都是彼此的心的契合度。

"桑葚,人笨就要承认,以后这种需要想的问题你还是交给我。你并不会拖累我,你是我的舵,明白?"

"明白。"

"但是今天我可能要拖累你一下,我走不动了,你来背我!"

"好……"

· 木兔 ·

　　木兔发现自己其实很窝囊,是在上幼儿园的第一天。当然,那时候很少有人用这个词形容小孩子,可是长大之后,木兔发现这词简直像是为自己量身定作的。

　　在高中开学后没多久的一天晚上,十五岁的木兔对着镜子悲催地感叹:歪楼能歪成这样,比萨斜塔也要在自己面前甘拜下风呀。作为一个长大后具备歪楼潜质的小姑娘,童年时代的木兔是毋庸置疑的漂亮可爱:一双大眼睛,又圆又亮,看人时直冒憨气。

　　木兔在家里的时候胆子贼大贼大,敢把小凳子叠在大凳子上,偷拿妈妈摆在食品柜最上一格的小熊饼干;听奶奶说蜜蜂屁股有刺,蜇人很痛,她特意逮来一只放在自己手背上,结果当然被蜇,痛到涕泪齐飙;她还会拿着大剪刀趁大人不注意给自己剪头发,最后剪成阴阳头;跟着父母去离家十几公里的公园玩,不小心走丢了,家里都炸开锅了,全部亲戚都被惊动了,警也报了,妈妈连去死的心都有了,附近的人工湖公厕什么的也都全部捞过了,可是到了晚上,木兔竟然自己施施然地走回来了,还很淡定地说:"就是过马路的时候有点儿害怕,我一个人过了很久很久。"

　　谁也想象不出这样一个鬼灵精的小姑娘竟然害怕上幼儿园。

　　木兔实际上创造了平安小区第三幼儿园有史以来的纪录,从入园第一天全天候无间歇地哭了整整十二天,实打实的两个礼拜。老师们从最初的耐心哄慰到最后不闻不问、视而不见,其他小朋友也很快把木兔归类为不合群的怪胎,所以长大后木兔对于幼儿园时代最深刻的记忆就是

教室门口长廊上的木柱，因为她总是抱着那根柱子哭得肝肠寸断、头晕眼花。

木兔是相当不合群的孩子，她进入人生第一个集体时就已经彻底地凸显出来。

之后的六年小学、三年初中，木兔也过得无比痛苦，没交到任何朋友。虽然说每个人最终都将学会面对孤独，但这方面木兔显然早熟得过于离奇，总是一个人独来独往，圣诞节从来收不到贺卡，任何同学的生日会都不会邀请她。班级合影时，木兔总是缩在角落愁眉苦脸，彰显着与她的年龄绝不相符的厌世情绪。

唯一值得称道的只有木兔的学习成绩，虽然比起升入重点高中，木兔更想选择挖洞把自己埋起来，但现实的人生还是把她推入了市立第一高中。

二

木兔认为自己是在中考结束后的那个夏天患上了开放空间恐惧症，于是想尽一切办法避免出门。不出门的结果就是体重飙升，别的女孩子在这个年纪纷纷开始显露曼妙的曲线，木兔别具一格地做了充气的气球。更悲剧的是，还因为内分泌失调长出了满脸的痘痘。

新生报到那天，木兔被不厚道的男生们封为全年级最丑的女生。照理说，一个极力想躲避外界的人对于外界的评价根本不会放在心上，即使正处于最敏感的少女时代。本来木兔也确实不怎么在乎那些刻薄的言辞，如果她没有捕捉到那双明亮得像黑色宝石一样

的眼睛的话,她可以一直以一种外星人的姿态熬完整个高中,固守自己的神秘星球,小心地和所有人保持足够安全的距离。

宝石眼睛的主人叫方宥,作为一个男孩子,他实在太爱笑了,一笑,那对漂亮的眼睛就弯成新月的形状,美好得像梦一样。

木兔感觉自己的心脏简直要膨胀得和体形一样庞大。别的女生也没瞎眼,纷纷发现了方宥魅力超凡又性格亲和。她们借故和他搭讪,说说笑笑的,很快熟识起来。

"你好,我叫木兔。"木兔也很想上前这样介绍自己,却忽然意识到自己的尊容很惊悚,如果她刚刚走到方宥旁边,他就被她的样子吓得落荒而逃,那可怎么办才好?

那天晚上回到家,木兔对着父母又是一声大喝:"我要退学!"

木兔的爸妈连眉毛都懒得抬一下,该翻报纸还翻报纸,该看电视还看电视,反正木兔自打懂得退学这个词的含义之后,就无数次地表达过想要退学的强烈愿望。

刚开始木兔的爸妈还会耐着性子追问:

"你为什么想退学?"

"我就是不喜欢和那么多人待在一起。"木兔回答说。

这算什么理由?绝对不能纵容。

"人总是要学会融入集体,学会怎么和其他人相处。"父母也曾这样谆谆教导。

木兔当然是完全听不进去。她就是想自己一个人待着,不想被划归到什么莫名其妙的集体里面,有什么不对?凭什么要任由别人将她每天的时间一个小时一个小时地分割,规定她在哪个时间学数

学，哪个时间去运动？

她是个大活人，又不是冰格子里的冰块，为什么一定要被固定成方方正正的形状？

木兔觉得父母不能理解和支持她实在太糟糕了。人为什么一定要被同化，一定要达到一个约定俗成的标准，他们从来不对她详细解释这个问题，也许他们自己也不知道答案，就只认一个死理，就是木兔这种古怪的性格一定要被好好打磨矫正才可以。离群索居、遗世独立的，那都不是人，那是神仙，好吗？

"我已经丑得不堪入目了。我不想在人前丢人现眼了！"木兔把书包摔在客厅的大理石地面上，又一屁股坐在地上。

木兔的爸妈这才抬起头诧异地打量女儿：过去她总嚷嚷着要退学是觉得别人讨厌，这次却是觉得她自己讨厌。

三

第一次得到和方宥近距离接触的机会，是在头次月考的时候。考试的时候木兔的座位被安排在方宥后面。木兔一抬头就看得到男孩线条优美的肩背，还有他顽皮微翘的发尾、甚至耳垂上的小小肉珠。题目对木兔而言并不难，但木兔还是一路考得神魂颠倒，敏锐地察觉到方宥的每一声咳嗽、每一次抓头。

考最后一门的时候，木兔翻笔袋时不小心将橡皮掉在地上。方宥弯腰帮木兔捡起来，交还给她前，还特意轻轻掸擦了一下。

"给。"爱笑的男孩子露出可爱的笑容说。

接触到方宥视线的那一刻，木兔觉得自己像看见了流星掠过。

被木兔握进手心的橡皮擦忽然有了沉甸甸的分量,那个近似于妄想的念头像朵花一样在木兔心头盛放开来:也许方宥并不像别的男孩子那样讨厌她,甚至,也许他一点儿都不讨厌她。

木兔是相信的,总有一些特别优秀特别善良的男孩子,他们一点儿都不肤浅,他们不会以貌取人。他们更愿意去体察别人的心灵,而方宥一定是其中之一。

四

方宥确实不讨厌木兔。但他发现了木兔看向他的眼光总是有些……鬼鬼祟祟,每次他的视线快撞上她的时候,她都会迅速地别开眼睛,装作根本没在看他的样子。还有这个女孩子的脑筋真是相当聪明,可是也特别不合群,体育很差,模样嘛,实在长得比较抱歉。那些男生羞辱木兔说她像猪,真的不算怎么冤枉她。

方宥不讨厌木兔,他只是觉得她有些滑稽,有些诡异,也许还有点儿可悲。

秋游的时候,所有同学都三三两两分成小群体,谈笑玩乐,分享着美食,只有木兔落了单,一个人落在队列的最后,吃饭也是独自坐在一棵大树的阴影下。

要坐渡轮才能抵达的小岛上风景秀丽,女生们都打扮得很漂亮,人比花娇。木兔也特意穿了一条薄呢裙子,粉蓝色,很漂亮。只是买的时候还挺合身的,如今穿在身上却紧紧绷着,闷出一头一脸的油汗。本来还以为自己精心装扮了之后也会显得好看一些的……

"嗨。"

方宥走过来递上一瓶饮料的时候,木兔觉得自己惊慌得就像一只被人逮到的蟑螂。

"很热吗?"方宥问。

木兔张着嘴不知道怎么回答,尴尬地挪动身体的时候,听见"刺啦"绽线的声音,身上这条裙子不知道什么地方崩开了。木兔不知方宥有没有察觉到什么,正好这时有人远远地唤方宥过去。

"一起去玩呀。"方宥笑眯眯地提议。

"不!"木兔断然的拒绝让方宥有点儿下不了台,他只好又笑笑,转身走开了。

木兔咬紧了嘴唇,又用手抓挠身旁的泥土,直到指甲缝里都塞满了潮湿的泥土。这大概是她第一次意识到无法在别人面前恰当地表达自己是一件多么糟糕的事情。为什么她无法轻松自如地说出"谢谢你的饮料。我不过去了,你去吧,玩得开心点儿"这样的话呢?

三

午饭后是自由活动的时间,有的同学结伴去坐木筏,有的则去了果园,木兔望见方宥和班上最漂亮的女生郁珍伊一起向僻静的河滩方向走去。

河滩边有高高的芦苇,方宥和郁珍伊往回走的时候,方宥发现了撅着屁股蹲在芦苇丛里的木兔。郁珍伊一脸毫不掩饰的鄙夷,方宥倒是对木兔不久前生硬无礼的态度毫不介意,笑着问道:"木

兔,你在做什么?"

"逮……逮蝴蝶。"

在芦苇丛里逮蝴蝶,鬼才会相信。方宥却没有揭穿木兔显而易见的谎言,仍旧是笑吟吟地问:"你很喜欢蝴蝶呀?"

木兔还来不及回答,他已经被郁珍伊拖走了。远远地,木兔听见郁珍伊对方宥说:"明明是跟踪我们的,这个人怪透了。"木兔感觉自己的脸像被人按在炉子上烤,迅速红了起来。

"应该是暗恋你没错啦。"郁珍伊充满不屑的声音一丝不落地落入木兔耳中,同时还有方宥的回答:"开什么玩笑呀!"

六

木兔心情郁闷得都要发霉长出绿毛了,终于等来一天出游的结束。同学们依序登上渡轮返回主城,然后各自搭车回家。

也有家长特意开了私家车在渡口等着,方宥家就是。但方宥只是对坐在车里的妈妈挥了一下手,然后就追上了正往公交车站走去的木兔。

"给!"一只白色的蝴蝶在原本用来装梅子的透明玻璃小瓶子里扑腾着。瓶子大约是方宥从哪个女生手里讨来的,他开口要,没有人会不给的,木兔想,那么蝴蝶呢?是方宥自己捉来的?

"给我?"木兔无法置信。

"是呀,好容易才逮到一只。"方宥说。

那天,方宥陪木兔一起挤上了公交车。没有空位了,他们一起拉着吊环站立着。车子颠簸时,木兔会身不由己地向方宥靠近,她闻到

了他身上混杂着草叶和泥土的气味。

尽管那只玻璃瓶正紧紧地握在自己手中,木兔还是不敢相信方宥竟然为了自己特意去捕了一只蝴蝶。

本来已经被木兔埋葬还狠狠踩了两脚的痴心妄想又一点点复苏,也许方宥真的一点儿都不讨厌她,也许,方宥还有一点点喜欢她。

因为不忍心看到那只小蝴蝶在玻璃瓶子里被活活憋死,那天晚上木兔放了它。她看着它无力地扇动着翅膀,在星空下一点点飞远。

"我把那只蝴蝶放走了。"木兔终于鼓足所有勇气主动给方宥打了电话,"不过还是很谢谢你。"

话筒里传出的方宥的笑声听上去带着倦意,依旧甜蜜并且充满了暖意。

∠

高中第一学期快要结束的时候,方宥送给了木兔一张圣诞贺卡。他是在课间很多同学都看见的情况下直接送到木兔手中的。方宥并不介意被人知道他和木兔这种怪胎是好朋友。

他就是愿意善待这个女孩子,这个长得不美又性格诡异、被所有人都欺侮和排斥的女生。也许仅仅是因为同情心,就像在路边撞见了流浪的小猫小狗时油然而生的那种怜悯,也许还有些别的什么,但十五岁的方宥自己也解释不清。

方宥将贺卡送到木兔手上时,教室里各种各样的声音依次消减下去,最后变为寂静。

"圣诞快乐。"方宥像是丝毫没察觉到氛围的变化,微笑着坦然说。

"圣……圣诞快乐。"木兔好容易才将快跳出胸腔的心脏压制回去,留意到了四面八方射向自己的目光:带着惊诧、不解,甚至是嫉妒。

八

木兔回赠给方宥一张她手工绘制的贺卡。

艳阳,坐在青翠草地上的两个胖小孩的背影,远处蝴蝶翩翩飞舞。寒假的时候降了一场大雪,方宥约木兔一起去公园堆雪人。

除夕那夜,木兔接到方宥的贺年电话,方宥说:"木兔你看看窗外"。木兔打开窗户,迎着刺骨的北风探出头,楼下有一抹璀璨,握在一个正在打电话的少年的手中,是方宥燃起了一把线香烟花。隔得太远木兔看不见方宥脸上的表情,但她知道他一定在笑,眼睛弯得如新月。

她应该再也不会遇见笑容比方宥更明亮更真诚的男孩子了,她应该再也不会遇见比方宥对她更好的男孩子了。十五岁的木兔就是如此坚信的。

所以,最后,木兔给方宥发了一条短信:"你知道电影《水形物语》的片尾曲是什么吗?"

方宥当然不知道,他上网搜索了一下,然后彻底傻了眼:他是忍不住对木兔好,他是一点儿都不讨厌她,但这并不代表他喜欢她呀。

方宥曾经见过杰西卡·奥尔巴年轻时的照片,当时他就在心里对自己说,他以后的女朋友至少要这么漂亮。

木兔

九

　　木兔呀，你真的是个特别优秀的女孩子，无师自通就能画出那么美好的画，随口哼歌的时候声音比天籁还要好听，还有不费力气就能拿到那么好的成绩，可是……新年热闹的熙攘中，方宥却不得不苦思冥想，绞尽脑汁地斟酌着足够委婉的句子来拒绝木兔。

　　之前也不是没有回绝过别的女生，有时方宥也只是微笑着摇摇头就算了，可是木兔，他总觉得她特别的弱小和可怜，像她这种几乎没有朋友的孤僻女生，如果被拒绝了恐怕连个哭诉的对象都没有吧。方宥实在不知道怎么对木兔说出那个"不"字。

　　寒假快结束的时候，一直没有等到方宥回复的木兔却发来了另外一条短信：

　　"我知道我是痴心妄想啦，像我这样的人，就算对着一只癞蛤蟆表白应该也是会被拒绝的。我知道，没关系。"短信的最后挂着一个笑脸。方宥如释重负，终于不必再去编造那些虚伪的言辞了。开学前几日，方宥有些忐忑地设想见到木兔时该如何表现，是像过去一样笑脸相迎亲切招呼，还是冷却态度保持距离？真的等到开学那天，方宥发现他根本不必左右为难，因为木兔没有出现。

十

　　木兔要转去一所普通中学，对方学校已经答应接收她，不过现在的学校仍旧试图挽留，一直在和木兔的父母交涉云云，班上消息

灵通的同学这样传扬。

方宥想象不出木兔到底在家里闹了怎样的革命,不过开学两周后,木兔终于还是在父母的押送下重新出现在学校里。

新一轮的流言又轰轰烈烈地展开,什么木兔一直都有自闭症、忧郁症、精神不正常,所以校方才会轻易地原谅她无故旷课那么久。

方宥发现本来就表情黯淡、鲜少会像同龄人那样神采飞扬的木兔颜色更加灰败,就像一小簇微弱的烛火终于被拍熄了。就算他是无心的,但造成这种局面的始作俑者是他没错吧,方宥没有办法不自责。

但是他该怎么补救?总不能要他违心地去对木兔表示好感吧?拜托,他又不是博爱众生的菩萨,他不过是个滥好心的大男孩而已。

十一

木兔在体育课测八百米的时候晕倒了。

老师吓了一跳,同学们则围在一旁啧啧称奇或指指点点,更有人刻薄地点评:"她这么胖怎么还这么虚啊?"

方宥用力推开说话的人,然后弯下身试图抱起木兔。本来他真以为自己抱不动充气的皮球一样圆鼓鼓的木兔,但实际上她没他想象得那么重。怎么说呢,木兔其实更像一个充满了PP棉的玩偶娃娃。

当方宥终于把肥嘟嘟的木兔抱了起来,却发现自己竟然一点儿都不讨厌这种感觉,当然这只是一瞬间的念头,他没有再去深究这个念

头背后的深意。

醒过来的木兔被校医狠狠地教训了一顿,因为她老实地说出了自己晕倒的原因:"早餐一点儿没吃。"

"你们现在这些女孩子是怎么了?动不动闹减肥!身体重要呢,还是漂亮比较重要?不分轻重主次!"中年女校医滔滔不绝,越说越上火。

"你又不胖,你懂个屁!"木兔冷不丁地顶撞了一句。不要说校医猝不及防,连方宥也不敢相信自己的耳朵。

"你……"女校医大怒,正要更严厉地斥责木兔,"不管怎么说,早饭还是要吃一些的。"校医的声音忽然软化。

方宥的视线从校医身上转到木兔脸上,这才发现她竟然已经泪流满面。

十二

木兔没有办法遏制自己的眼泪,她并不想当着校医的面涕泪滂沱,更不想当着方宥的面这样,可是她没办法。木兔想起自己初上幼儿园时那场漫长的、创纪录的痛哭,其实她真的是个天生的没用到极点的窝囊鬼,只要面对自己无法应付的环境或者局面,她就会把自己哭成一场梅雨天。

可是她又不是能哭倒长城的孟姜女,她哭得眼泪鼻涕在脸上糊成一团难道就能让方宥忽然喜欢上她?只会让他更加厌恶她吧!

"胖胖的木兔也很可爱呀。"方宥忽然说,"不管什么样的木兔都是可爱的,别具一格的那种可爱。"

十三

若干年后,当木兔和方宥就读的这个班级进行周年聚会时,总有一个经典的话题会被提起,那就是校草方宥和木兔的交往。彼时木兔和方宥都去了国外,无缘参加这些聚会、参与这个话题。

高中阶段的木兔后来也渐渐地不窝囊了,至少表面上看起来如此。度过最为尴尬的发育阶段后,痘痘离场,体重回落,木兔渐渐有了些人样。方宥也随着年纪的增长越来越帅气俊朗,他们之间在外貌上的差距仍旧是那么触目惊心,以至于很多女生始终抱着想把木兔拖到阴暗处暴打一顿或者直接灭掉她的"凶残"念头。后来木兔也对自己的男朋友开玩笑说,当年要不是她及时地拱手让贤,她恐怕早就尸骨无存了。

是的,最后木兔和方宥并没有走在同一条时间线上,命运让他俩分道扬镳。

"不管什么样的木兔都是可爱的,别具一格的那种可爱。"这绝对是木兔此生听过的最为惊心动魄的一句话,并且余生都不可能有别的话能胜过它在木兔心中留下的震撼。

但是,木兔知道这并不是真的。方宥这么说,只是因为他太好心。他根本从来不曾喜欢过她,至少从来没有拿她当作女朋友那样喜欢。即使后来她努力改变自己,让自己变得合群、正常、开朗。但像方宥这么夺目、钻石般的男孩子,只有和他一样璀璨的女孩子才能匹配他。她是不配的。

十四

方宥自己也这样认为过,他完全是因为不忍心伤害木兔,所以才违心地说喜欢她。如果只要他假装说喜欢,就能让这个女孩子振作起来,那么他没有理由不这么去做,反正他又还没遇见自己真正喜欢的人。

一大早陪木兔长跑。

说服她参加学校的歌唱比赛。

拉着她参加他的朋友的聚会。

这些事情做起来并不会比在暑热未散的初秋逮到一只蝴蝶更为困难,可是发生在木兔身上的转变却是那么巨大。这个女孩本来好像是只能在阴暗潮湿的地方生存的苔藓,却一点点有了花季少女该有的明媚。

渐渐地,那些曾经最爱笑话木兔的男生对木兔的态度也客气了很多。她变得这么好,全部和他有关。每每这样想起,方宥心中都会莫名地充满成就感。可是这并不能代表他喜欢木兔,喜欢一个女孩子的心情显然不应该是这个样子的。

十五

高考成绩出来后,木兔填报了和方宥不同的学校。

"方宥,对我好,从来都不是你的责任。"面对方宥的追问,木兔这样说。

放暑假的校园里空荡荡的，操场的塑胶跑道上只有他们两个人的身影。木兔脱去校服，换上了轻盈的雪纺裙，背着手笑眯眯地望着方宥。

"你敢发誓你永远是我的 B F 吗？说谎的人一辈子倒大霉！"木兔促狭地为方宥设置难题。

方宥张了张嘴，哑然一笑。

木兔别过脸："我是在问，你是不是永远是我的best friend（最好的朋友），你可别想多了。"

方宥看不清木兔的表情，不过听她的声音她似乎并没有生气或者失落。

木兔主动退开一步，对方宥摆摆手："再会。"也许是故意回避，也许是缘分使然，此后他们再也没有相会。

十六

升入大学后，木兔很快交到了新的男朋友。当木兔很坦率地告知对方，自己实际上是潜在的忧郁症患者的时候，男友根本不相信。木兔解释说其实这是一种天生的隐疾，就像有的人天生易得糖尿病，她是天生的神经脆弱、心理诡异。

男友还是不信，说木兔就是爱云山雾罩满嘴跑火车。也难怪他不信，成年的木兔已经蜕变为一个很爽朗、很爱笑的女子。

只有木兔自己知道，其实骨子里的自己始终没有变，她永远不可能消除心中对于人群的恐惧和对于约定俗成的规则的蔑视，但她会努力地压抑克制，她会用最阳光积极的态度来面对自己的人生。

 木兔

不为别的,单单就为了方宥,这个明明不喜欢她却仍旧愿意不惜一切对她好的男孩子。如果这个世界上仍有这么美好的人存在,那么这个世界一定是值得她涉足、参与,而不是竭力回避的。

十七

若干年后,方宥终于如愿以偿地找到一位符合他心目中美女标准的女孩子,她是音乐学院的女生,体态轻盈肌肤胜雪,看上去真像一个误入人间的小精灵。如果木兔有机会看到这个女孩子,也会说就是她了,她和方宥一样的璀璨和完美。

可是当方宥像拥抱一个渴望多年的梦想那样将女孩子拥入怀中时,他的脑海里却飞掠过木兔的面容。方宥忽然听清了多年前他未能听见的木兔贴在他胸口说的那句话:"还是喜欢你,方宥,永远都喜欢。"

疼痛像被摔坏的玻璃器皿上的裂纹在方宥心口丝丝蔓延:怎样才算真的喜欢一个女孩子?总是觉得她弱小可怜,愿意善待她、帮助她、爱护她,就是了呀。

碎 片

一

西柚九岁这一年,家里的房子要装修,父母另租了一间便宜的平房作为过渡。

租来的小屋在一条小巷里,是一个大开间,上厕所要去小巷尽头的公厕,厨房是搭在屋外的小棚子。西柚没有自己的卧房,而是睡在屋角一个从半空隔出来、像小阁楼似的地方。每天睡觉前都要先爬木梯,西柚觉得好玩死了。同学们来做客,也都特别羡慕西柚竟然可以睡在半空!

住在这里的日子,西柚每个早晨都能听到小公鸡脆亮的打鸣声,下午放学时,能撞见挑着扁担唱歌般吆喝着叫卖麦芽糖的小贩,晚上家家都会把小桌子搬到屋外来,拥挤却热闹地吃着简单的晚餐。霞光从屋檐间隙射下来,在不规则的青砖拼砌的地面上留下斑驳绚丽的光影,狗狗们从这家饭桌绕到那家饭桌,等待好心人的施舍,孩子们也会捧着饭碗从东家吃到西家,西柚屡屡想学他们,总被妈妈用严厉的眼神制止。

西柚简直都不想搬回过去那个家家户户都装着沉重的防盗门,邻居们互相看到连招呼都懒得打的家了。

"这里的孩子太野了,没家教。"一天晚上,西柚听见妈妈这样对爸爸抱怨,"西柚老和他们一起,保不准会不会染上什么坏习惯。"

这里的孩子嘛,有些是挺邋遢的,西柚想,拖了鼻涕直接用袖子一抹,刚从土里拽过蚯蚓,手也不洗马上就去吃饭,不过妈妈实在太多虑了,那些坏习惯她才不会学呢。

而且,也不是个个都这样呀,比如李沁文就不是呀。沁文的皮肤比她还要白,手指甲比她都还要干净呢。

沁文家在巷子的另一头,他好像是因为父母离异还是什么别的缘故,所以暂时跟爷爷奶奶一起住。他念的不是这个学区的小学,而是挺远的一所双语学校,所以常常早出晚归,很少参与这里小孩子们的各种游戏。

因为从未见过沁文和别的男孩子一起疯得满脸泥汗的模样,所以在西柚心目中,他始终特别的干净斯文,差不多当得起"小王子"这样的美誉。

二

小王子殿下有很多藏书,不是那种幼稚的漫画,而是实打实的字书,有些竟然还是中英文对照的。西柚向沁文借过几次书,每次他都很慷慨,二话不说就借给西柚。

星期天的早上,如果西柚醒得早,她总能看见沁文提着锡皮水壶给他奶奶放在院子里的盆栽花草浇水。

一个很白、不流汗、手指干净、爱读书、爱植物的男孩子,在八岁的西柚的价值观里,不会有谁比他更完美了。

"你要玩水枪?"某个星期天的早上,西柚蹲在沁文旁边看他浇了半天花草之后,忍不住这么提议。沁文家的窗台上摆着一个还未拆封的高档水枪,是只胖海豚,不管是颜色还是造型都栩栩如生,西柚前几天就看到了,一直就那么摆在窗台上,也没人把它拿进家里。

"那个呀,"沁文笑了笑,"难道我拿着水枪自己打自己吗?多傻。"

"我陪你玩呀。"小巷里的孩子不知道多么喜欢打水枪,为此西柚还缠着爸爸也为她配备了一把。

"你去给你的水枪灌水,不过不许往里头吐口水,更不许往里头尿尿哦!"话一说完,西柚忽然有点儿不好意思,她第一次意识到在

男孩子面前说尿尿什么的似乎很不妥当。

"嗯。"沁文好脾气地点头答应。

西柚赶紧跑回家给自己的水枪灌水。后来，童年的很多事情都在记忆里褪色了，但西柚始终清晰地记得那天天气很好，猫咪在墙角晒着太阳，睡得像羊毛地毯一样沉实，石榴花红红的，好像可以直接摘下来当作口红擦，自来水射在身上一点儿都不觉得冷。

"啊——"西柚捂着脸惨叫了起来。沁文一枪射中了她的额头，已经被太阳晒得有点温热的液体流入了西柚的眼睛。好辣，就像洗头时妈妈不小心把洗发水弄进她眼睛里的那种痛。不，比那个更痛。

沁文走过来："好痛吗？"

西柚不希望沁文内疚，刚准备硬撑着说"不痛呀"，沁文又开腔道："可是你又没说不能放肥皂、洗洁精、白醋、胡椒粉什么的，所以不能怪我呀。"说完，沁文竟然冲着已经痛得眼泪横流的西柚笑了起来。

沁文笑起来是很漂亮的，乌黑的长眉在雪白的脸上弯出好看的弧度。西柚极力想要睁开眼睛确定自己是不是听错了，温文尔雅的小王子沁文怎么可能发出这种幸灾乐祸的笑声？

"如果你要告我状的话，我是不会承认的。"沁文用依旧温柔的腔调这样警告着，"我总能编出很多让大人们深信不疑的谎话，不信，你可以试试看。"

三

西柚跌跌撞撞地跑回去，在出租屋的厨房用水冲洗了眼睛。爸爸妈妈一早就回家去监督装修进度了，不过就算他们在家，西柚也不打算告沁文的状。

西柚从来不会告任何人的状。还在上幼儿园的时候,一次做游戏,有人撞破了西柚的鼻子,回家后妈妈发现了西柚身上的血迹,追问西柚,西柚坚持说是自己弄破的。后来老师说出原委,那位同学的家长也特意登门道歉,西柚仍旧坚持说是自己碰破的,不关任何人的事。

妈妈有时气急了,会骂西柚太傻。爸爸则在一旁呵呵直笑,说:"天性宽厚,挺好的呀。"

那个周末剩余的时间,西柚都闷在家里没有出去。其实讨厌的男孩子西柚并不是没有遇见过,把毛毛虫塞进她的衣领,或者莫名其妙猛拽她的辫子,但他们都不是沁文这样的。沁文是真的想要伤害人,让你痛,让你流泪,甚至流血……

西柚不明白,沁文为什么会这样?他不是看书都会入迷到喊他名字都听不见吗?他不是会极有耐心地照料小花小草,手指头掠过植物时那种小心翼翼的轻柔,像是生怕碰伤了它们似的?明明就是很温柔很有爱心的男孩子呀。

八岁的西柚还不懂得,好多人都不用真面目示人,他们躲在各式各样的面具后面,窥测着自己的人生。

隔天,沁文竟然主动来到西柚家,礼貌地向西柚的爸妈问过好后,递给西柚一本书。"新买的,我刚看过,很喜欢,我想你也一定很喜欢。"西柚愣愣地接下书。

"西柚怎么不说谢谢呀?"西柚妈妈不乐意了。这里的孩子她没一个喜欢的,除了沁文,她以为西柚和沁文在一起玩,是可以近朱者赤的。

"没事啦。对了,阿姨,西柚昨天是不是弄到眼睛了?"

"是呀,昨晚我们回来就见她眼睛红红的。西柚说是有什么脏东

西进了眼睛,她一直很想把它揉出来,结果越揉越糟。"

沁文听完抿嘴笑了起来:"西柚,以后再遇到这种情况,你把上眼皮提起来,过一会儿异物就会随着眼泪排出来的,我在书上看到过,应该是没错的。"

西柚妈妈听完对沁文更是赞不绝口,沁文人都走了,她还在那里夸:"瞧瞧人家,要常识有常识,要学识有学识,也不过和你一般大,和人家多学着点儿啊。"

西柚只能违心地点头。昨天沁文把掺了白醋的水喷进她眼睛时,她只是觉得震惊,但今天看到沁文竟然能若无其事地登门拜访,一股寒意顺着西柚的脊背一路攀爬。

直到几年之后,西柚才懂得如何解释当年那种本能的惊恐。她害怕,是因为沁文是她有生以来认识的第一个可以用邪恶来形容的人。

四

家里虽然已经装修好了,但妈妈请去检测的人说甲醛含量超标,最好空一段时间再住人,西柚一家不得不在出租屋里多待了几个月。

石榴花盛放又凋谢,西瓜和葡萄接踵上市,金色的梧桐叶被秋风刮落一地,白色的寒霜笼罩在青石地面上,邻居们开始在院子里拉上尼龙绳晒腊肉和腌菜。妈妈说,等春节到了,他们就搬回家去。

这个冬天的第一场雪下得很及时,恰好是寒假第一天。西柚和伙伴们在小巷里钻进钻出打着雪仗,玩累了回到家中,湿淋淋的脚印一个个印在地上。正在打包行李的妈妈看得心烦,呵斥了几句,西柚不得不退出房外。就在那一刻,西柚看见了沁文,一个人在对面小院里

碎片

安静地蹲立着堆雪人玩儿。

西柚已经刻意和沁文保持距离有好长一段时间了，上次沁文借她的书她一直都没有归还，就是因为不想和他说话。

可是妈妈不许她进家，西柚只好站在家门口一边搓手一边东张西望，从屋檐下凝结的冰柱看到靠在墙角的夹蜂窝煤球的铁钎子，视线兜兜转转不小心又落到了沁文的身上，这次她看清他并不是在堆雪人。

别的小朋友大多只会合力滚个大雪球，上面再搭个小雪球，就算是堆了雪人。沁文手下的雪却在很有章法地聚结，这里一个弧度那里一个弧度，衔接得恰到好处，西柚看出来了，沁文堆的是只雪猴子，跷腿站着，手还搭着凉棚。造型这么复杂却又这么逼真，西柚仍是不敢相信这真的是沁文完成的。

将事先准备好的一根树枝插在雪猴子背后，又按上了两枚圆石子当眼睛，沁文站了起来，缓缓地拍了拍手。

"西柚。"他发现西柚正看向这里，便微笑着向她招呼。

那个斯文雅致的笑容令西柚差点儿忘记了他展露过的恶魔般的阴暗面。提起的呼吸堵在喉间，不上不下，西柚顾不上又会被妈妈责备，一转身逃回了家中。

正式搬离出租屋这一天是腊月二十八，这天发生了一件对西柚来说意义重大的事情：她掉了一颗牙。

爸爸说要帮西柚把牙齿抛上屋顶，可是一转眼，西柚就说她不小心把那颗牙齿弄丢了。小巷里到处堆满混着垃圾的雪堆，脏兮兮的，爸爸妈妈放弃了寻找的打算。

像最初搬来时一样，西柚坐在大货车的副驾驶座上，在车喇叭"嘀嘀嘀"的开道声中离开了这个住了大半年的暂时居所。

而被李沁文悉心照料的某一盆花的泥土里多出了一颗白白小小的乳牙，那是西柚偷偷埋进去的。她知道李沁文可能永远不会发现，就算发现了，他也搞不清这到底是怎么回事，但西柚还是忍不住把牙齿埋了进去。

好傻的举动，她知道的，可是她就是忍不住。

等到西柚所有的乳牙都掉光，长出了坚固的恒齿的时候，她才懂得，当一个女孩喜欢上一个男孩的时候，她会变得愚蠢、没有自尊、莫名其妙、举止失常、心不在焉、精神恍惚、喜怒无常，等等等等。

三

装修过的家果然焕然一新，西柚最喜欢卧房中多出的白色书柜，她小心地把没有来得及还给沁文的那本书放了进去。

这是一本童话集，西柚已经读完了，每个故事她都喜欢：

富有的商人的儿子挥霍掉了父亲的遗产，不得不出门流浪，好心的朋友送给了他一个木头箱子，箱子旁有个开关，一按就能飞起来……

玫瑰花的花瓣里住了一只小精灵，有天晚上他没能赶在玫瑰花闭合花瓣前赶回家，只好另找栖身之所……

小恶魔制造了一面魔镜，他带着镜子飞上天空，想用它来嘲弄上帝和天使，但飞到半途，镜子坠落了，裂成无数的碎片。这些四下飘散的魔镜碎片只要飞进人类的心里，那些人立刻就会变得冷酷无比。

虽然其中好些故事小时候西柚都听爸爸妈妈读过，但自己一个字一个字读完，感受依旧是新鲜的。

大约是经常会想起沁文读书时专注入迷的模样，西柚渐渐也喜欢上了课外读物，爸爸妈妈毫不吝惜地为西柚购买大量各类书籍，白色的书柜被装满的这一年,西柚十二岁了,升入了初中。

新生报到这一天,虽然现场混乱人头攒动,但西柚还是第一眼就把李沁文认了出来。早年圆润天真的轮廓已被更硬朗的线条取代,蜕变为少年的李沁文具备了一种芝兰玉树的翩然,但仍旧是那么白皙、干净,看上去教养好、脾气也好。

"西柚!"沁文也看到了西柚,他分开人群走了过来,用和童年时一模一样的彬彬有礼的腔调向西柚打着招呼,"这么巧。"西柚勉强笑了笑。

"变得好漂亮了呢,西柚。"沁文用再自然不过的口气夸赞着。西柚飞红了脸。

六

野丫头西柚似乎是在一夜之间变得亭亭玉立的。一次和妈妈去商店,西柚随意试穿了一条白裙,当专柜小姐们发出赞叹声时,她也被穿衣镜里自己的模样吓了一跳。此后她再不愿成天把自己弄得邋里邋遢浑身汗臭,留起了很淑女的长直发,开始穿圆头的颜色可爱的小羊皮休闲鞋。

新生自我介绍时,西柚走上讲台说:"我叫林西柚,真的就是可以吃的那种水果的名字。"

有个特别大胆的男生立即嚷起来:"林西柚,你看上去绝对比世界上任何一种水果都可口。"同学们都哄笑成一团。班主任都有些忍俊不禁。

很快轮到沁文上台做自我介绍,他说:"我的人生理想很简单,我想一直做个安静的人。因为始终保持安宁和冷静非常不容易,这需要底气、定力以及足够的修养和豁达。"

所有人都听呆了，包括西柚。沁文的入学成绩，还有那天令人刮目相看的表现，令他毫无悬念地被选任为班长。副班长也是个男生，叫作方绯城。他入学成绩是年级第一，却只能给沁文当副手，想来心中是很不服气的，但他特别骄傲，也懒得多说什么。沁文很能干，什么事一个人就能办得妥妥当当，方绯城就挂个虚名，什么也不管。两人确立了这种"合作"方式后，倒也相安无事。到了第一学期快结束的时候，对绝大多数同学都是死板着一张脸的方绯城和沁文打招呼的时候，竟然也能带上一抹微笑了。

西柚和其他同学一样，认为方绯城和沁文已经是关系挺不错的朋友了，所以那天放学后，西柚想起自己忘带了数学笔记本，又折回教室，看到沁文从方绯城的抽屉里取出他的球鞋时，她也没多想。

也许他只是借方绯城的球鞋穿一下去打球而已。酷爱运动的方绯城总是在自己的课桌抽屉里放一双备用的球鞋。

马上就要期末考试，差不多所有课程都停了，课堂时间全部自习，两位班长负责课堂纪律。窗外不知何时飘起了雪花，因为备考而心情紧张压抑的大孩子们再也按捺不住了，纷纷跑出了教室，在雪地里又跳又叫，方绯城也出去走了一圈。

西柚没有离开，因为她看到沁文侧头望着窗外，静静的像是在发呆，西柚忍不住猜测沁文是不是想起当年他在小巷里堆的那只惟妙惟肖的雪猴子，他是不是发现了被她埋在花盆里的小牙齿？

方绯城的惨叫声打断了西柚傻乎乎的猜想。

碎 片

方绯城因为去雪地里走了一圈，鞋子湿了一些，所以他取出了课桌抽屉里的替换球鞋，当他把脚伸入鞋中时，猝不及防的剧痛切进肌肤、钻入神经。有人在他鞋子里放了碎玻璃，不是一块，而是很多。

方绯城的脚伤得很厉害，他的同为律师的父母当天就找到校长，要求彻查此事。虽然过不了两天就要期末考，但班主任还是留了全班同学的堂。

"今天真相不水落石出，大家都不要回家！"

虽然是有很多年教龄的老教师，但这么过火的恶作剧，班主任也是头一回遇到。

"我希望肇事的同学自己主动承认，不要浪费别的同学的时间和精力，还是那句话，坦白从宽。主动站起来，讲明情由，老师说不定能网开一面。"

没有人出声，很多同学脸上都带着惊惶的表情，只有沁文特别镇定，一边听训一边摆了本书在膝头偷偷翻看着。

"不要以为不承认老师就查不出！"班主任的口气更加重了，"已经有同学向我汇报过，上周三做值日的时候曾在地上扫出玻璃碴儿。那么很显然，碎玻璃是在上周二离校后被人放进方绯城鞋子里的。你们应该都见过装在学校大门口的监控摄像头，只要请学校的保安回放当天的录像，那天我们班谁是最后一个离开学校的，谁就是罪魁祸首！做错事还要老师大费周章把你揪出来，到时肯定是从重处罚！记大过、劝退都是有可能的！"班主任说完最后一句，用力将板擦敲在讲台上以增加威慑感。

还是没有人出声，但不少同学开始面面相觑，记大过劝退之类的

字眼,实在太吓人了。西柚看到沁文长长的手指轻轻一挑,又一页书被他翻过去了。

"是我放的。"西柚站了起来。

所有人都惊愕地看着西柚,包括沁文,一直很镇定的他也露出了吃惊的表情。

"你?为什么?"其实班主任早在自己心中列了一串名单,但其中绝对没有西柚。如此漂亮可人的一个小姑娘怎么会做如此阴毒的事?

"我、我向方绯城表白,他没有接受,所以我很讨厌他,所以我就……"西柚硬着头皮编造着希望能被班主任相信的谎话,其他同学仍保持着寂静,但西柚敏感地察觉到教室里氛围的变化,大家都在鄙夷她吧?可是不管是谁耻笑她都是理所当然的,因为是她自己主动站起来,让自己变成一个大笑话的。西柚感觉到眼泪正飞快地滑过脸颊,"我知道我错了。"

班主任皱着眉头将信将疑地看了西柚一眼,正要说什么,忽然一道声音抢先响起来:"是我自己放进去的。别调查了,就是我自己放的。"

方绯城收回一直震惊地盯着西柚的视线,这件"悬案"因此得以结案。

考完试那一天,沁文忽然在校门口轻轻拉住西柚的手,他贴向西柚的耳朵,西柚以为他要说"谢谢你"。

"你看,那个摄像头,你真的一点都看不出那其实完全是个摆设?"沁文轻轻柔柔说出这句话,停了停,又加了句,"笨蛋。"

安置在学校大门旁的监控摄像头确实坏了很久,因为保安科的疏忽,一直没有维修。那天听班主任说出那番貌似推理严密实则全是漏洞的话时,沁文只觉得好笑。当他三岁小孩呀?随便吓唬他两句就能让他主动认错？沁文一点儿没料到会有这个智商只有三岁小孩水平的傻姑娘会给吓唬得主动跳出来替自己顶了罪。

八

妈妈在地下车库将车停好，西柚走下车，正好看见几个车位外也刚刚钻出自家汽车的绯城。

不久前，西柚又搬了一次家。早在三年前妈妈就辞掉了国企的稳定工作，去了外贸公司，后来又做了自由贸易人，很快赚了钱，妈妈当机立断在城中最好的楼盘买了两套房子，一套自住，一套投资。

绯城也是这个小区的住户。他们甚至住在同一栋楼，不过是不同的单元。

除夕这天，西柚随着爸妈一起走到小区里指定的烟花燃放点。绯城已经站在那里，顾盼的表情，像是在等待谁的样子。西柚下意识地想躲开，但绯城已经看到她。

"新年快乐。"

"新年快乐。"

绯城心无芥蒂的笑容让西柚更觉得无地自容。那次"公审"之后，绯城从未质问西柚为什么要撒谎，西柚甚至连"我明明就曾把情书塞进你书包不知道你为什么没发现"这种恶心的辩解之词都想好了。

今晚，绯城还是没有问，他递过来一支线香烟花。随着"哧啦哧啦"的轻响，细小却璀璨的烟花如夏夜的流萤点亮了漆黑的夜空。西柚看着在自己手上绽开的花朵般美丽的光焰，不由得抿嘴笑了起来。

绯城的目光落在西柚的脸上，烟火的光亮在他漆黑的瞳仁里闪

动:"我知道你才不喜欢我呢,西柚。"

西柚心一沉,她一直害怕的对质终于还是发生了。

"但对你,我是刚好相反,西柚。"

时光荏苒,西柚却始终没有忘记那个除夕夜的烟花、赠她烟花的人,还有那个人说的那句大大出乎她意料的话。

西柚一点儿都不知道,绯城这句意有所指的话,除了她,还有另外一个人听见了。少年脸上的笑容像被戳破的气球一样瞬间消失了,一直站在暗影中的他没有再上前一步,而是转身掉头走开了。

西柚和绯城都是过了一段时间才知道,原来沁文家也是这个新小区的住户。

九

沁文的父亲自己开花木公司,这几年生意越来越兴隆,又成立了新的家庭,将沁文从祖父母那里接回了自己身边。

大年初一,沁文家响起的不是互贺新春快乐的祝词,而是凄厉的惨叫。爸爸的小娇妻蓬头乱发地从卧房冲出来,她手里抓着一堆破布,指着正坐在餐桌边安然喝牛奶的沁文:"你——你——"满柜新衣都被剪成了碎片,涵养再好的女人也要疯掉。

爸爸追出来,向沁文挥起了手掌。耳光快要落下来的时候,沁文忽然抬起脸笑吟吟地迎向父亲愤怒的视线:"打呀,就像你过去打我妈妈那样。"

中年男子的怒气瞬间被瓦解:"你……你这孩子,你到底为了什么……"

"后妈和继子,难道还能真心地相亲相爱吗?爸爸你不觉得这样剑拔弩张的相处方式才更真诚一些吗？衣服都是我剪烂的，剪的时候很开心，现在还是很开心。呵呵。"

沁文喝掉杯子里最后一点儿牛奶，站起身很有礼貌地向父亲和后妈道了句"新年快乐"。回到自己房间，将门锁死后，沁文顺着墙壁滑坐在地上。

沁文的妈妈在沁文四岁那年因为意外去世，警方还特意上门调查过妈妈的死因，他爸爸说她滑倒了，太阳穴刚巧碰在了茶几的边角上。沁文站在旁边一直哭，其实他目睹了整个过程，但没有人会去追问一个四岁大的孩子他妈妈到底是怎么死的。

十

接下去的一年，李沁文仍旧天衣无缝地做着他的双面优等生，知书达理、温文尔雅、乐于助人，这是绝大多数人对沁文的看法。后来，当沁文、西柚、绯城的个子都节节拔高的时候，关于沁文的形容词里又多了一条"倜傥不羁"。沁文的人气居高不下，而他也特别喜欢众星捧月的待遇。

春末夏初的一个周末，西柚忽然收到一条短信，沁文要她去一家新开业的港式甜品店找他。这条短信让西柚非常意外，她刚刚买的手机，号码一共也没告诉几个人，沁文是怎么知道她的手机号的？

大费周章地打听来的吗？西柚心尖忽然冒出一丝感动，像被针尖戳破之后凝在皮肤的血珠，虽微微小，却不容忽略。

西柚匆匆赶去了。她看见了沁文，以及坐在沁文对面打扮得很时髦的女生。沁文十万火急地叫她去，竟然只是要她帮他买单。

"来的路上钱包被人扒走了。"沁文把账单塞进西柚手里时，这

样解释。

西柚付了钱,没有再过去打招呼,直接走掉了。推开店门,确定自己不会再被看见的那一刻,眼泪无法自抑地流了出来。

甜品店内,沁文稳稳地坐在那里——他的钱包根本没丢,好端端地摆在他的背包里。几天前他就发现西柚有了一支新的手机,他一直等着她主动把她的号码告诉他,但她没有。所以,这是绝对不可原谅的。

"去看电影好吗?"沁文这样向对面那个化了妆戴了美瞳,漂亮得有几分不真实的女孩说。

十一

绯城新买了一把自动雨伞,能自动打开,也能自动收起,伞面还布满了形态各异的亚历山大鹦鹉,看上去特别鲜艳可爱,伞面也较一般的雨伞要大上很多。

"我们一起撑这个吧。"绯城这样向西柚建议。西柚点点头,将自己的雨伞又放回书包。

前年除夕夜,西柚没有回应,但她也没有因此疏远绯城。后来,骄傲的绯城再也没有旧话重提。那些曾经说过的话如同一张飘落在雨中的纸,时间久了,字迹便渐渐模糊,最终消失不见。

现在他们是很好的朋友。绯城会很自然地吃西柚从家里带的作为早餐的煎饺,西柚也会时不时去绯城家做客,一起完成作业。

西柚钻进绯城的伞下,肩胛挨着绯城的手臂,两人正准备一起步入滂沱大雨中。

"西柚,你的伞可以借我吗?"一直站在一楼走道边的沁文,忽然走近说。

"当……当然。"迟疑片刻后,西柚从书包里取出自己的伞,正准备递给沁文,却被绯城劈手夺下。

西柚不明白绯城为什么要这么做,伸出手试图把自己的雨伞拿回来,绯城猛一松手,西柚向后踉跄了一步,沁文扶住她,他挂在肩膀上的单肩书包掉了下来,书本文具滚落出来,还有一把收束得整整齐齐的深蓝色雨伞。

绯城用力将西柚拉到自己身边,脸上露出鄙夷的表情。沁文轻轻一笑,很镇定地解释:"啊,我忘记了,原来我自己带了雨伞的呢。"

那天一起冒雨回家的路上,绯城差不多是咬牙切齿地说:"那家伙,居心叵测。"

西柚却忍不住反复去想,为什么明明沁文带了雨伞还故意来借她的。越想,心头越乱。还有,她差点儿跌倒那一刻,他伸手揽了她的腰。

十二

可是对于沁文而言,揽住女孩子纤细的腰肢就如同握住了花朵的茎秆,完全是不值一提的举动。

盛夏午后,空气炎热而黏腻,午休时间大多数同学都趴在课桌上昏昏欲睡。天花板上的吊扇飞速旋转,发出"嘎嘎"的机械响声,西柚看到沁文迈着灵猫般的步子离开了教室。

通向顶楼的楼道,就算是上下课的高峰时间也很少有人会走过这里,此刻更是寂静得如同一个被遗忘的角落。

"我很肯定我从没说过你有什么特别,你显然是误会了什么。"

沁文对站在他身旁不停伸手抹泪的女孩说。

"可是……"

"真要说这学校里我觉得谁最特别,那就是她!"沁文回身向后一指,偷偷尾随而来的西柚一瞬间无所遁形。

西柚明白沁文不过拿她当挡箭牌,但猛然听到他这么说,她心里还是一震。沁文双手插在裤袋里,笑吟吟地准备走到西柚身边,但那个女孩比他更快。

西柚脸上挨了一个耳光,很重的一巴掌。西柚硬着头皮回到教室时,所有人都看得出她刚刚挨了打。

下午第一节课很快开始了,数学老师放好教具和教案,清清嗓子正准备开讲,坐在最后一排的绯城忽然站起来离开了自己的座位。

"王八蛋!"绯城揪住沁文的衣领愤怒地喊。

"不是他打我的。"吓坏了的西柚喊了起来。

只有沁文仍旧笑眯眯的,他语调温和地低声向怒容满面的绯城说:"如果你是为了你球鞋里的玻璃碴儿打人的话,是不是太晚了一点儿?哦,原来你一点儿都不知道其实西柚是在帮我背黑锅?"

绯城高高提起的拳头终于用力砸落下去。上课时间课堂上竟然发生如此戏剧化的冲突,涉及的学生竟然还都是班上数得上的优等生,数学老师差点儿没当场疯掉。

十三

西柚、沁文、绯城一起被留堂,一字排开站在班主任的办公桌前,被勒令打电话通知各自家长。西柚和绯城都老老实实打了电话,最后轮到沁文。

"我妈死了，老师。"

班主任因为吃惊而张大的嘴过了好一会儿才合拢："那……那你父亲呢？"

"我妈就是被我爸弄死的。"

班主任倒抽一口冷气，绯城和西柚也是。

沁文忽然又笑起来，好像刚才所说的不过是个笑话："别担心，我爸现在应该在公司给他的员工开会。"沁文拿起办公桌上的电话，拨通了号码。

三方家长纷纷赶来，听完班主任语重心长的训诫之后，各自把孩子领回家。

西柚试图走向沁文，却被妈妈硬拉了回去——得知沁文小小年纪竟然已经这样会要手段，西柚妈妈心中对他的好感荡然无存。

沁文明白，西柚是想走过来问他刚刚他说的关于他父母的那些话，到底是真的还是在开玩笑。西柚是真的关心他，就算沁文是个白痴，在西柚主动替他顶罪之后，他也会明白西柚有多么在乎他，但他不知道怎么对别人好，怎么去关心别人。

妈妈并不是不小心滑倒的。四岁的沁文深深地记得那一幕：爸爸推了她。虽然后来爸爸一再对沁文解释，他是无心的。但不管是有意的也好，无意的也好，事实就是妈妈的死跟爸爸脱不了干系。

沁文的世界就是在那一刻崩塌、混乱的，就像一柄锋利的匕首直直插入了心脏，拔出来他会死，而不拔出来，他永无安宁。

十四

沁文的生日是七月最后一天。他照旧在家里办了生日会，照旧请了西柚。西柚照旧没来，仍是像去年那样托别的同学带来了贺卡和礼物。去年的礼物是扎着红色缎带的一本古典小说，今年却装在一个纸盒子里，沁文看不出那是什么。

"西柚说她最近很忙，真是不好意思。"帮忙带礼物的同学这样转达西柚的话。

沁文笑了笑，笑容淡然宁静，没有人看得出他其实很失望，除了他自己。

生日会结束后，沁文回到房间拆开了西柚送的纸盒。很奇怪的，纸盒里装着一个玻璃瓶，很小，像是商场香水柜台里那种放试用品的瓶子。

瓶子里装着透明的液体。沁文猜不出这到底是什么。过了一会儿，沁文想，西柚不会是在"呼应"小时候的那场害她眼睛痛了几天的恶作剧吧？可是拧开瓶子，并闻不到什么异味，似乎装的只是纯净的水而已。

还有那张贺卡，大概是礼品店随处可买的，封面上印着大大的烫金的"HAPPY BIRTHDAY"。

沁文把贺卡和小瓶子一起放进了抽屉里。他想，等到开学的时候得抓住西柚问一问，她到底送了他什么东西。

终于等到九月初。开学了，所有的同学又济济一堂，只有西柚的座位是空着的。

"很遗憾呀，"班主任说，"这学期我们班有个同学去国外当小留学生了。"

沁文目光怔怔地落在那个空荡荡的座位上，直到同桌推了推他：

"沁文……"沁文感觉到了脸颊上湿漉漉的凉意，也就在那一刻，他忽然明白那个小瓶子里装的液体到底是什么。

尾　声

童话里说，小恶魔制造了一面魔镜，他带着镜子飞上天空，想用它来嘲弄上帝和天使，但飞到半途，镜子坠落了，裂成无数的碎片。这些四下飘散的魔镜碎片只要飞进人类的心里，那些人立刻就会变得冷酷无比。只有一样东西能够拯救他们，就是关心他们的人的眼泪。

要用玻璃瓶收集自己的眼泪，其实是件很滑稽的事，所以西柚这么做的时候，一边哭一边又忍不住要笑。

妈妈已经存够了送西柚去国外念书的钱，也找到了可靠的门路，办妥了一切手续，不容她有任何异议。

西柚不是没有想过亲自去向沁文道别，就像她亲自去向绯城道别那样：那天她明明已经走到了沁文家的楼下，却又扭头跑开了。

有时，你太想接近一个人了反而会不敢靠近。西柚也不敢告诉沁文那只小瓶子里到底装的是什么。她怕他笑话她傻，她想象过他会随意把那只瓶子丢掉。就算做梦的时候，西柚也没梦见过，沁文会紧紧地把瓶子握在掌心，然后贴向胸口。

我的四月天晴

一、长大是件要命的事情

这是个要命的早晨。浅灰色的雾气笼罩着一切,天空、太阳、建筑、路面、行人……无一幸免,就好像老天爷冲着地面打了好多个喷嚏,我走到学校大门口的时候,觉得全身上下都被一层无形的黏湿液体沾满了。

早上出门时我又不可避免地和妈妈争吵起来。我告诉她月考取消了,她表现出很戏剧化的义愤填膺,很大声地抱怨我们学校太不像话,对学生如此放任自流。

其实,原本爸妈对我没有太高的期许,在我误打误撞考上这所全省排名第一的重点高中之后,他们开始对我严格要求,北大清华复旦都成为他们的甄选对象。

天知道,我其实根本就不怎么爱学习,现在在妈妈的严密监控下,我每天放学后必须像个勤奋的好学生一样在书桌前钉上至少五个钟头。

我觉得自己像个被充了太多气的气球,随时都会爆炸。我很累、很烦,很想尖叫。我觉得我妈在乎我的分数远远超过我这个人,就算我用墨水在额头上写上"我不想学习了"这几个字,她也一样看不见。

统一的锡皮小推车在校门两侧排成长长的一道。我感觉到肚子饿得咕咕叫,因为妈妈对于我的郁闷烦躁视而不见,所以我出于"礼尚往来",对她准备的早餐视而不见。

早点摊上油条、煎饼、红豆粥、热豆浆、肉包子的香气汇成一股向我招手,我几乎流下口水。一位扎着墨底绿花围裙的阿姨向我微笑。那是我们家的一个远房亲戚,孩子比我小几岁,她和她丈夫一起下岗了,就出来做小买卖了。

我用力低下头，装作根本没看见阿姨的微笑，几乎是小跑着穿过校门。我想我要是去她的摊子上买早点，她一定不收我的钱，我如果去了别的摊子买，她又肯定会不高兴。干脆不吃了，正好减肥。

其实，我心里有一个很小很小的声音说：我不想让人知道我有一个在学校门口卖煎饼的亲戚，太丢人了！

我为自己的势利感到羞愧和心虚，我简直不敢相信自己是个本质上很市侩的人，就像我不敢相信我的胸部会忽然鼓出来那么多，我都不知道怎么掩藏才好。

我讨厌这些陌生的变化和发现，可是它们每天都在发生。

二、孤零零的重点高中生涯

课堂小测验结束后，老师要我们和同座互换批改。我在桓雪莲的卷子上发现了很多错误，如果我如实扣分的话，她一定会不及格。我犹豫了一下，将几个显而易见的错误从眼皮底下放过去。

63分。我把卷子交还给桓雪莲，她把我的递给我，65分。我想桓雪莲应该也给我放了水，我俩心照不宣地沉默着。

开学第一天，桓雪莲报出自己的名字，马上就有人窃笑起来。她是班上唯一一个来自农村的学生。

残酷一点儿说，她是比我还要差劲的学生。她简朴到几乎可笑的地步，而且时时刻刻都像惊弓之鸟似的紧张，望向任何人的视线里都带着一点儿讨好的意思。

我心里对这个同桌有种说不清道不明的怜悯，可是我真的不喜欢她。

初中的时候，我人缘极好，有很多很多好朋友。到升入这所大名

鼎鼎的高中后,我几乎一个朋友都交不到。

因为是踩分考进来的,我的成绩在这里只能垫底。学校里有太多脑袋特别聪明、功课特别好或者家庭出身特别惊人的学生,像我这样什么优势都没有的小虾米,妄想和他们做朋友,根本就是自取其辱。

大鱼吃小鱼,小鱼吃虾米。人生是残酷的,高中阶段尤其如此。

还记得初三时,当我向班主任说我想考树人高中时,她大吃一惊,说你为什么想考那里?你觉得那里真的适合你吗?

我不听她的劝阻,义无反顾地将目标定得那么崇高,并且最终冲关成功。大家都说,本以为两年前顾思年考上树人高中是空前绝后的,没料到又出了一个金小满。

顾思年和我来自同一个地方,他高我两届,并不认识我。如果说我是个意外,顾思年就是个传奇。他是以第一名考入树人高中的,这里虽然强手如云,但依然很少有人能当他的对手。

顾思年不可思议的聪明,并且性格绝佳,这是当年我的初中老师们最津津乐道的话题。说起他,总会用上"大有所为""绝非池中之物"等文绉绉的形容词。

我隔着人群远远望见过顾思年几次,他又长高了好多,还是像过去那样,脸上总是挂着自信的微笑。

三、人潮汹涌我看见了你

我想我到死都会记得一年前那个春天,临近中考,我的小宇宙以"井喷"的姿态轰轰烈烈地爆发,一天只睡两三个钟头,眼睛熬得像兔子一样红,我却丝毫不觉得累。

所有人都不明白，一向得过且过的我怎么忽然就开了窍。我妈就更不明白了，为何当初我拼了命要往这所高中考，考上了又疲沓下来，又像过去一样不思进取，得过且过。

这天，我差不多是踩着铃声跑进学校的。幸好，学校纪律一向宽松，不太计较迟到旷课之类的事情。毕竟是精英会聚的地方，要找出几个像我这样连上课都不能准时的学生，实在也很不容易。

早操结束后，操场上的人流汇集在一处，我被左挤右挤，很快和自己班的同学走散。我发现自己置身于一群陌生的高年级同学中间，他们都比我高出不少，我觉得自己渺小得像个侏儒，心里莫名有点儿恐慌。

然后，我看见了顾思年，与我隔了大概一臂的距离。我的心忽然跃跃欲试地想从嗓子眼里蹦跳出来，我的脸变得像烤过一样红。

又有人在我背后推了我一下，我差点儿撞上顾思年。他回过头来，看见了我。

"九楼还会有蚊子当然是因为蚊子会爬树，它飞不动了就找根树枝歇一歇，然后继续飞。所以，虽然你家住九楼你却还是被蚊子咬。哈哈。"有个女孩在顾思年身边巧笑倩兮。

顾思年转过脸去看她，他的眼睛忽然变得很闪亮、很闪亮。

我不管后面的人怎么推挤我，定住脚步不再往前走，人流很快涌进我和顾思年之间，我们又相隔得很远很远。

四、我的悲伤瞬间

如果说我这辈子什么都匮乏，聪明、美貌、善良、耐心、毅力、崇高的目标……这些我统统没有，但有一样东西我绝对不会缺少，就

是我和我妈的争吵。

是的,我们又吵架了。我向她要额外的八百块零用钱,她坚决不给,还拼命数落我不懂事,措辞激烈而恶毒。

我忍无可忍地跳起来朝她高喊:"你们这代人都这毛病,根本不懂得怎么尊重别人!八百块钱很多吗?不过就是一瓶像样的香水的价格!"

最后一节是体育课。昨晚下雨操场还有些潮湿,老师安排我们在体育馆内做室内运动,男生去打篮球,女生做体操。

我和桓雪莲分在一组。体育课上每逢分组我们必搭对,因为我们是同桌,更因为我们同样没人气,谁都懒得搭理我们。

桓雪莲是住校的,大约洗澡不太方便的缘故,有时她身上就会飘出一股恶臭,比如今天。我们互相压背,那股酸臭的味道一股股涌进我的鼻子,我透过体育馆的玻璃长窗,看到桃花开得那么灿烂明媚,粉色的花瓣一片裹着一片,织成不可思议的鲜艳。

我又想起了那双花瓣鞋。浅紫色、柔软的小羊皮,鞋帮处剪裁奇特,花瓣一样柔软地包裹着那女孩细细的脚踝,令她看上去就像娇贵的公主。

我去商场看过了,这样一双鞋要八百块钱。可是我买不起,我妈就是不肯给我这笔钱!我没有办法变得像小公主一样娇贵美丽,我没有机会站在顾思年身边向他巧笑倩兮,怒火在我心中腾地升起。

"桓雪莲,你到底多久才洗一次澡!"

话一出口我就后悔了,深深地后悔。眼泪在桓雪莲的眼眶里打转,我懊悔得恨不得去撞墙,我并不是故意要伤她自尊心的!我真的不是故意的!

我家在郊区,离学校有近两个小时的车程,照理我应该住校,但爸爸妈妈为了确保我有最好的学习环境,在学校附近为我租了一套公寓，妈妈陪我一起住，照料我的生活起居。周末我和妈妈一起回位于郊区的家和爸爸团聚，妈妈的单位也在郊区，所以她必须每天往返郊区和市中心，来回车程差不多四个小时。

我除了学习，不需要操心任何事情，而且我每天都可以洗上一个香喷喷的澡。我想我要是也像桓雪莲一样住校的话，我一定比她臭上好几倍。

我怎么可以嫌弃桓雪莲？我不是最讨厌学校里那些优等生高高在上的臭样子吗？我怎么能表现得像他们一样刻薄挑剔？我甚至还没一个好成绩给我撑腰。为什么我会忽然之间表现得这么恶劣？我简直恨我自己。

"对不起。"我很小声地说。桓雪莲没有理我。

三、我的神奇脑电波

我打电话给爸爸，说我需要八百块钱，我知道他一定会给我。因为第一，他一贯地溺爱我，从小到大别说打骂，他连大声和我说话的时候都很少；第二，我知道他一直为不能经常陪在我身边而感到愧疚。果然，爸爸只是略微犹豫了一下，就说"好"。

我很高兴，得寸进尺，很大声地在电话里向他抱怨，我说妈妈太不像话了，这几年的压岁钱我都让她帮我存起来了，少说也有五千块，我现在不过要八百块，她还硬扣着不给我！

我知道妈妈听得见，挂断电话后我特意跑去厨房，看妈妈是不是被我气得七窍生烟了。但妈妈专心地切着菜，不知是不是有屑末溅进了眼睛，她抬起衣袖擦了擦脸，始终一言不发。饭菜都做好后，妈妈拿出了钱包，取出一小沓钱递给我。

　　她从来不会在钱包里装这么多现金,所以……所以我们早上争吵后她立即去提了钱,虽然她口口声声说绝对不给我的。我忽然不知道应该做何感想,捏着那一沓钱走进自己的房间。

　　直到第二天,我的脑袋里还顽固地竖立着那架天平:左边是八百块钱,右边是那双花朵鞋。不知是不是因为纠结过度,我的肚子疯狂地疼痛起来,英语课上了一小半,我只好告了假,去医务室躺着。

　　接下来的体育课自然也没法上了,我在医务室躺了大半个钟头,觉得舒服了一些,就慢慢走到操场边,我看到我们班的女生都在练习排球传球,而在操场另外一头,我看到英姿飒爽的顾思年。

　　他大约刚刚打完篮球,汗如雨下,不时揭起球衫擦汗,即使在这样的时刻,他脸上都挂着淡淡的微笑。我一直觉得顾思年是个超级完美的人,撇开他的英俊帅气不谈,他的气场是那么的与众不同,他好像永远都能让自己处于一种平和愉悦的状态。

　　我仰慕他,亦羡慕他。在为中考备战的那些日子里,我在笔袋里藏了他的照片,是我偷偷地从他的博客下载后打印的,很累很累的时候,我就偷偷看上一眼。

　　我从来不敢多看,怕看多了,我的脑电波就会发射一道信号到顾思年的脑袋里,然后我暗恋他的秘密就会被他发现。我也知道这种担忧非常荒谬,但我就是忍不住,所以每次都是飞快一瞥,然后赶紧把他的照片藏好。

　　顾思年忽然抬头,向我站立的地方看过来。天哪,难道我的脑电波真的能发射被顾思年接受的生物信号?

　　金小满!他在喊我的名字?因为实在隔得太远,所以我无法确定他是不是真的喊了我的名字。

那个和顾思年说"蚊子爬树"的笑话的女生又出现了。我打听过了，她叫林若熙，爷爷是市里一位高官，她的美丽全校闻名。今天她没穿那双令我着迷了好一阵的花朵鞋，而是穿了一双阿迪达斯的粉色球鞋。她站在顾思年身边仰头向他说些什么。

我听见背后有人喊我，回头张望是桓雪莲，她正小跑着向我这边赶来。我赶紧向相反的方向跑，不管顾思年此刻是否在看我，只要我在他视线所及的范围内，我都不要和桓雪莲这样的怪胎有更多的接触，我才不要被王子般高高在上的顾思年误解我和一无是处的桓雪莲是好朋友。放学后，我直冲商场，买了那双鞋。

六、大雨大雨一直下

可是第二天下起了瓢泼大雨，我没机会穿上那双美丽的花朵鞋。桓雪莲没有像往常一样对我说"早上好"。雨下得这么大，她却没带伞，淋得像落汤鸡一样。我听见有同学在窃笑，真想站起来冲他们大吼："你们烦不烦？看别人的笑话你们很爽是不是？"可是我不敢。

放学的时候我将自己的雨伞偷偷塞进桓雪莲的抽屉，然后飞快地跑开。我觉得自己要向她补偿一下。

雨，还是以倾盆之势大肆下着，我看到前两天还开得十分鲜媚的桃花竟然在大雨中落了满地，心里掠过一阵说不出的伤感，然后我又莫名其妙地想起武侠小说里经常出现的那种暗器，叫什么暴雨梨花钉，又忍不住想发笑。我觉得我真是个神经病，喜怒在瞬间转换。

忽地，雨声像被什么隔开了一样变得空旷遥远，有人为我遮住了雨。我转身，看到了顾思年。他仍是微微笑着。

"这么大的雨,你站在这里干什么,金小满?"他竟然知道我的名字?他真的知道我的名字。

顾思年问我家住哪里,他建议送我回去。我们一起走到校门口,我好想和他说话,而且妙语连珠,就像林若熙一样,可惜我的舌头像被猫咬住了,一个字都说不出来。

爸爸撑着伞在校门口等我,我觉得很意外,匆匆和顾思年道别后,赶紧跑到爸爸身边。原来爸爸接到我要钱的电话后十分担忧,所以特意请假来学校看我。

"爸爸,你怎么知道我没有伞?你能接收到我脑电波传递的生物信号吗?"我很雀跃地说。

"知女莫若父嘛!"

爸爸确定我一切安好,晚饭都顾不上吃,又搭车赶回了单位。正值工厂大修季,他身为工段长是要二十四小时待命的。爸爸走后,妈妈恶狠狠地瞪我,我知道她又要教训我说我不懂事,我毫不犹豫,当场瞪回去。

其实,我的心里并非不愧疚。看到爸爸一个人撑着伞消失在大雨中,我很想抽自己两个耳光,只因我一时任性就害他奔波劳碌。

可是,我干吗要把我的愧疚表现出来给我妈知道?她不是认定了我是个不懂事的娃儿么,那么我当然要"恪尽职守"地不懂事!

七、青春是一个凶猛的动词

雨停了,天晴了,我觉得世界一下子美好得像天堂一样。顾思年竟然知道我的名字叫金小满!这个惊叹句在我心里翻来倒去重复了差不多一千遍。

我一到学校就在抽屉里摸到了一把雨伞,是桓雪莲还我的,折叠得十分整齐。

第一节是英语课,我接到桓雪莲的小纸条的时候,英语老师已经走进了教室。"要背课文。"纸条上是这几个字,我的脑袋嗡的一响。上节课我因为肚子疼请了病假,我根本不知道要背课文,自然也没有准备。好了,现在只能祈祷老师不要抽到我。结果,我很倒霉地"雀屏中选"。

我张口结舌地"呀"了一会儿,不少同学毫不客气地发出轻蔑的嗤笑。老师叹了口气,摆摆手,叫我坐下。下课铃一响,我积蓄了整节课的怒火轰然爆发。

"你为什么不告诉我要背课文?"我质问桓雪莲。

"那天我追着你想告诉你,但你装作没听见,拼命跑。"

啊,我想起来了,两天前在操场上桓雪莲确实急匆匆地向我跑过来,而我怕顾思年误会我和她是好朋友,所以故意避开她。

"而且你对我发什么火呀?全班同学都知道背书的事,他们都有责任通知你,你怎么会完全不知道?哎呀,原来你连一个朋友也没有呀。"

桓雪莲说完,脸上立即露出后悔的神色,就像那天我取笑她澡洗得太少时我的反应一样。

我起身离开了教室。

八、总有一些美好会轻轻跳出来

图书馆里只有几个高三的学生在查阅资料。他们高考在即,学校的课已经基本停了,校方放任他们自己复习。我走向标有"文学类"

书籍的书架,只想找几本流行读物放松一下心情。

其实,我现在脑海里想的并不是桓雪莲那句伤人的"原来你一个朋友都没有",而是那双八百块的花朵鞋。

那双鞋林若熙穿上可爱无比,而我穿上竟然显得奇蠢无比。原来有些漂亮的衣物是专供那些天生丽质的女孩子穿的,实在很不公平,她们本身已经那么美了!

我想这个世界上根本没有所谓的公平。带着怒气,我用力抽出一本书,抽到一半却发现阻力,然后那股力消失了,书跌入我的手中,因为反作用力的关系,我整个肩膀都朝后缩了一下。

透过书册间的间隙,我看到了顾思年。方才和我站在书架两侧试图拿同一本书的人,是顾思年!

"金小满,"他笑道,"真巧。"

我为自己旷课被他撞见感到满心羞愧,他却说:"哇,你学人家旷课,bad、bad哦!"我从不知道顾思年是这么风趣轻快的人。

因为离下面一节课还有差不多半个钟头的时间,顾思年提议一起溜去学校门口的奶茶店买奶茶喝。

于是那天,我喝到了顾思年请我喝的原味奶茶,他建议我不要加珍珠,因为那玩意的分子结构基本就跟塑料一样。

我还和他肩并肩走了差不多一千米的路。我从没奢望过可以从这么近的距离看到顾思年,他真的很好看,尤其是眼神,柔和得像珍珠。

不但如此,我居然得到了顾思年的手机号码,是他输入我手机上的,他说,我打给他,他就有我的号码了。我把那本书让给了顾思年,那本叫作《追风筝的人》的书。

九、就要离去的顾思年

我又觉得我是活在天堂里的幸福小孩,原来并不是只有那些聪明美丽、娇俏玲珑,家世好,功课好,什么都好的女孩子才入得了顾思年的法眼。

他也知道我的名字呢,他还请我喝了奶茶,又主动给了我他的手机号码,我觉得我的人生是了无缺憾的美好,直到排球笔直地砸向我的脑袋——当然这并不能怪传球的桓雪莲,是我自己走神走得太厉害。

因为桓雪莲也对我说了恶毒的话,所以我们之间算是达成了某种和解。虽然我们还是很少交谈,但是老师让我们互改试卷的时候,我和她还是心照不宣地互相放水。当妈妈要我带她做的煎饺或是毛豆烧鸡块给学校那些住校的同学吃时,我就一股脑儿全塞给桓雪莲。

是的,在这个让人望而生畏的重点高中里,我一个朋友都没有,除了桓雪莲。

"金小满,你要多练习一下,下节课就考试了。"桓雪莲忧心忡忡地提醒我。因为我和她是一组,如果我传球传得太差,会直接影响她的分数。我用力点点头。

关于顾思年的消息总是在学校里传播得很快,他要去美国的事,在我知道的时候差不多已经传遍了全校。因为他家里大部分亲戚都在美国,所以他不会在国内参加高考,而是直接去美国考。

他四月底的飞机。林若熙已经准备为他举办了一个告别Party,当然了,只有他们那个精英小圈子里的人才有资格参加。

我反复看手机里那个号码,我很想打给他,可是说什么呢?

——顾思年,你不知道我为了和你考上同一所学校尽了多大的努力!

——为了你,我连悬梁刺股的苦头我都吃得了!

——顾思年,真希望你是宠物店卖的小猫小狗小仓鼠,这样我就能名正言顺地把你连笼子一块儿提回家。

……

可是,这么莽撞愚蠢的话叫我怎么说得出口?可是,如果我不说,他永远都不会知道在我心里他的名字是一个高频词呀!我的脑电波又不是真的可以像手机一样发送短信息。

我把脸埋进臂弯,感觉眼泪飞快地浸湿我的皮肤。我可不想被妈妈听见我的哭泣声,然后聆听她第一千零一遍的盘问和教诲。我觉得自己要命地倒霉以及孤独。

十、我的四月天晴

两天后的体育课,排球传球考试。我和桓雪莲联手创造了史上最差的成绩:零个!

老师给了我们三次机会,三次都毁在我手上。我根本没有练习,结果连一个球都接不住。

有人对我的愚蠢表现发出轻蔑的窃笑。我真想冲过去抽她的嘴,然后我真的这么做了,当然了,我不是直接打她的嘴,我只是用力把手上的球砸了过去。

那个女生尖叫了一声,掩面痛哭。体育老师惊讶地望着我。我急促地喘气,其实我也不是非常清楚我刚刚做了些什么。

"她失手丢出去的。"桓雪莲在这时为我挺身而出,"她手滑了一下。"

老师最终没有追究我的出格行为，只是勒令我和桓雪莲找别的场地练习传球。我和桓雪莲一人抱着一只球向学校后门那块僻静的空地走去，我走呀走呀，忽然就声嘶力竭地大哭起来。

我在过什么样的人生呀！连体育考试都能不及格了！我觉得自己差劲得就像一坨屎，而我这坨屎竟然还幻想一个完美到不行的男生对我另眼相看。

顾思年在请我喝奶茶的时候本可以告诉我他要出国的事，但他没有，因为他其实根本没拿我当多亲密多重要的朋友。我觉得好受伤。可是我又不能说顾思年做错了，因为我对他而言，确实也就是个泛泛之交。

桓雪莲手足无措地看着我，她犹豫了好久，终于伸手拍了拍我的肩膀。

"对不起，连累你不及格。"

"没事啦，补考一定过的。"桓雪莲很宽容地笑了起来。

其实，我有什么资格嫌弃桓雪莲，入学报到那天，班主任喊"桓雪莲"，底下笑倒一片，班主任再喊"金小满"，底下又笑倒一片。我连名字都和她差不多一样土。

我揉了揉湿漉漉的鼻子，然后认真地盯着桓雪莲的眼睛说："你真好。"

最终我给顾思年发了一条短信，我说："祝你一路顺风，我是金小满"。我想这样的告别方式应该很符合泛泛之交之间的客套。发完短信，我忽然觉得自己心里空出了许多位置。

上午的课刚上完，班主任进来宣布：近来天气晴好且正值百花盛放，校方临时决定放假半天，让同学们自由踏青。

看，这就是重点高中的大气做派。其实，偶尔我心里还是为了自

己能考上这么好的学校而感到骄傲的。

桓雪莲对花粉有点儿过敏,就没有和我结伴同行,我一个人随心所欲地走走停停,真的,真的,花都开了,整个城市都变得很漂亮。

路过一个公车站,是去郊区的车,半个钟头才发一趟,即使是午间,站台依然聚满了人。我在那群人里看见了妈妈,我记得我早上出门时她说不舒服今天不去上班了的。

妈妈不知道为什么一直用力皱着眉头,眉间那两道皱纹深深的,犹如刀刻。她看上去十分憔悴,没有搽口红,头发甚至都没有梳理整齐。

妈妈并不知道我在看她。那天晚上,妈妈回到家,我走过去,用力抱住她的腰。

妈妈吓了一跳,说:"小满你又发什么神经病?"我不理会她,抬手去搓她的眉间,可是那几道皱纹怎么搓都搓不掉。

我开始哭。我想起之前自己那么放肆地向她讨要八百块钱,并且狂妄地认为八百块钱根本不算什么。爸妈一个月工资加在一起不过六千出头。妈妈这么辛苦地每天两地奔波,为的不过就是赚那份一个月两千多的薪水。

我真的好想问我妈,为什么我这么恶劣、讨厌、不懂事,她却还肯认我当女儿。

尾 声

我意外地收到了顾思年的回复短信。他说:"祝你一切安好,金小满。另外,《追风筝的人》真的是本很不错的书,建议你去看。"

妈妈正在和爸爸讲电话,我听见她特意压低声音向爸爸说:"是呀,这段时间懂事多了,成绩也上去不少。"我微笑了。

我和桓雪莲成为形影不离的好朋友。天气越来越热,我叫她每天都上我们家洗澡,然后我们一起去上晚自习。期末考试结束后,我去图书馆借书,借了那本《追风筝的人》。我翻了几页,赫然在书角看到我的名字:金小满。

我不知道这个名字是不是顾思年写下的,我从没看过他的笔迹。但我还是心满意足地把书合起,抱在胸口。我觉得,生活其实还是美好的。

我的王子

一

那是一个初春的早晨，空气微凉，像开了一道缝隙的冰箱吹出的冷气。天空是少见的亮蓝，白云像天神放牧的羊群，一朵朵很安静地漫步于天空，刚刚被环卫工人打扫过的街道显得格外干净。福珂很喜欢这个崭新的小区。

家里搬入了新居，比过去的房子大上不止一倍，福珂的卧房竟然还带了一个小小的阳台。十岁的福珂还不懂还贷压力，她只是一味地傻开心。

出了小区大门不远的地方有一个报刊亭，卖报的是个中年人，总是面带微笑，看上去脾气很好的样子。大约因为亭子里空间有限，福珂看到有几箱代卖的饮料在亭子外整齐地码放着。最上一层是罐装的可乐，已经卖掉了一些，所以空出一小块地方。福珂就是在那方小小的空处看见了一只小小的狗，蜷成一小团，很香甜地熟睡着，它看上去简直比一罐250ml的可乐还要小。

福珂觉得自己的心忽然变成了棉花糖，又甜又软地布满了她的整个胸腔。她从未见过这么小、这么小、这么小的狗狗。真是无与伦比的可爱呀！

福珂站在一旁呆呆地看了好久，直到报刊亭的主人提醒："小姑娘，上学要迟到了吧？"她这才跑开。

福珂的父母事业都算成功，妈妈甚至比爸爸还要更加看重事业，同时像所有受过高等教育非常有自己主张的女子一样，妈妈不愿福珂的爷爷奶奶外公外婆插手福珂的教育，所以她工作再忙，都坚持自己抚养福珂。

福珂很小的时候也提出过要养小动物，小猫小狗，甚至小兔子都可以。可是妈妈说："你这么小根本没办法照顾宠物，难道要妈妈一边照顾你，一边还照顾你的宠物？"妈妈说话时严厉的样子让福珂根本不敢再提第二回。可是她现在已经十岁了，绝对是个大孩子了。

"我想要养一只小狗。"晚饭快吃完的时候，福珂鼓足勇气说。

"嗯？"专注地看着新闻的妈妈没有听清。

"我要养小狗！"福珂将嗓音提高到她的声线能够承受的极限。她以为妈妈又要拒绝她呢，所以喊出这么高亢激越的声音来。

爸爸吓得饭碗都差点儿从手上跌下来。"好嘛，要养就养嘛。"他随口说，妈妈想制止已经来不及了。像所有受过良好教育的现代父母一样，福珂的爸妈非常重视他们对孩子的承诺，就算是错许的，也不得不践行到底。福珂就这样阴差阳错地拿到了养小狗的许可。

这天放学后，福珂又去报刊亭看望小狗。睡饱的小家伙一摇一摆，走向一只毛色黯淡的白狗，白狗懒懒地趴在路边，小狗先是在大狗脸颊旁边蹭了蹭，然后它在大狗前足弯曲形成的非常小的一块地方蹲下来，亲昵地贴近大狗。福珂猜这是小狗的妈妈。

报亭主人看出了福珂对小狗的兴趣："喜欢你就抱去吧。"报亭主人告诉福珂，大狗也不是他养的，他在这里开了报亭后，它就跑来了，大约之前一直是流浪狗。报亭主人吃午饭的时候会剩下一点儿饭菜喂给它，从此这只大狗就不走了，白天就在报亭周边转悠，晚上他回家了，它就睡在报亭旁边。前不久它生了三只小狗，其中比较强壮的两只已经给人领走了，就剩下这一只。

"如果这只小的一直没人要，就摆这里也没关系。"报亭主人用无所谓的口吻说。

然后，每天吃点儿残饭剩羹，和它妈妈一起露宿街头？不！才不要！

"我要它！我明天就抱它回家！"福珂用力地向报刊亭主人承诺。

二

蝉噪连成一片，像一张铺天盖地的网。

福珂入高中前的最后一个暑期，却在妈妈的强力坚持下被送来参加这种听上去就很不靠谱的增强脑力的培训班。虽然课程设置还算有趣，但福珂还是更愿意待在家里。随着年龄的增长，福珂越来越不愿意面对陌生的环境和人群，和那种活泼外向、充满好奇心的同龄人相比简直是两个极端。妈妈恨铁不成钢地训斥福珂："我和你爸像你这么大的时候，恨不得全世界的人都认识自己才好呢，你到底是怎么一回事？"

好不容易熬到下课，福珂埋着头快步离开培训中心。

"喂！"高她很多的男生忽然从她身后越过来，"请我吃冰激凌。"

莫名其妙！但福珂还是乖乖去小卖铺买了一只冰激凌。大约男生的行为实在太像打劫，福珂无意和匪徒争执。

"就一个？我们分着吃吗？"福珂涨红了脸，只好再买一个。

男生拿走了巧克力味的，吃了一口，皱皱眉头，然后不由分说把咬了一口的冰激凌塞给福珂，转而拿走另外一支福珂还未揭开纸盖子的草莓味冰激凌。

福珂瞠目结舌地看着陌生的男孩：他非常帅气，明明是微黑的皮肤，却给人彩虹般七彩缤纷的耀目的感觉。是因为长得特别好，所以才胆敢如此放肆？福珂拿着已经被咬过一口的冰激凌，除了等它融化，她实在不知道怎么处置它才好。

"喂，不要浪费嘛。"男孩竟然用很看不惯的口吻指责福珂，"如果你不要的话，就再给我好了。"

因为左手拿着的草莓味冰激凌还没吃完，他腾出一直插在牛仔五分裤口袋里的右手，拿走了福珂手上的冰激凌。福珂看见了，就好像突然看见天空裂开一道缝一样：男孩的右手缺了食指。

"挺遗憾的吧，差不多是最重要的一根手指，仅次于拇指。"男孩用调侃的腔调说。

福珂以为男孩表现得这么满不在乎，是因为他丝毫没将这种细小的伤残放在心上，但不久后她就发现根本不是这样的。

新学期开始后，福珂和那个男孩子竟然成了同班同学。学号是按成绩高低排的，名叫高念驹的男孩是三号，福珂是三十七号。福珂默默地想：真是建座跨海大桥都未必能逾越的距离。

念驹后来没有再去上那个培训班，福珂却对他念念不忘。因为那天他吃完冰激凌，舔了舔沾了糖霜的手指："喂，我记得你啦，希望咱们还能再见。"他这样对福珂说。

被太阳晒得脑袋蒙蒙的福珂想，她肯定是听错了，她又不是那种人见人爱的少女。

福珂有个圆鼻头，小时候显得很有趣、很可爱，可是度过儿童期

后，则成为她脸上最大的缺陷，有些很讨厌的男生干脆说她长了个猪鼻子。所以，十五岁的福珂认为自己是世界上最丑的人。除了至亲，还有她的小狗，她才不认为这世上还有其他的生物会毫不挑剔地喜欢上她。

三

福珂十岁的时候，每周可以从妈妈那里领到50元零花钱，有时爷爷奶奶外公外婆也会塞一些钱给福珂，所以福珂从未陷入过忽然想买什么东西却无钱可付的窘境。可是妈妈说，如果福珂坚持要养宠物，那么必须自己想办法负担所有的费用。

福珂去宠物店转了一圈，只买了真皮狗绳和磨牙玩具，还有一小袋狗粮，她看中的狗笼太贵了，虽然把储钱罐里的钱都拿出来的话也勉强买得起，但是福珂想到很快要给小狗打防疫针，如果接下来不小心狗狗生病了她还得带它去宠物医院，那一定需要许多许多钱，于是只好找来一只坚固干净的纸箱，铺上软软的法兰绒小毯子，又把旧的羊毛围巾折起来当作枕头，权充小狗的临时居所。

"不要和小狗睡在一起，不管多喜欢都不可以，对你身体不好的。"爸爸妈妈是这样警告的。所以小狗来到福珂家的第一天，是睡在福珂卧房的小阳台里的。

半夜福珂听见呜呜声，和小婴儿委屈的哭声不同，但听上去一样可怜，她迷迷糊糊地醒来，过了一会儿才辨认出声音是从阳台传来的。小狗不知道怎么从纸箱里爬出来了，哆哆嗦嗦地站在阳台的瓷砖地面上，不时伸出小爪子拍拍关死的玻璃拉门。

福珂记得自己睡着的时候玻璃拉门根本没有拉上，应该是妈妈在她入睡后进来关上的吧。福珂跳下床，从阳台冰凉的瓷砖地面上捞起小狗。小狗已经浑身冰凉，福珂感觉到它在瑟瑟地颤抖。

"对不起呢。"福珂忽然很怕小狗就此死掉，用掌心托着小狗的肚子，把它的小脑袋贴在自己脸上。小狗仍是猛烈地哆嗦着，福珂为了让它尽快暖和起来，把它放在了自己的小床上，让它枕着枕头的一角，又用羽绒被将它盖好。

第二天早上妈妈来叫福珂起床时，看到小孩小狗分享着一张床铺，睡得十分香甜。福珂大约是怕压到了小狗，所以贴着床边，半条腿都悬在床外，妈妈好气又好笑地摇摇头。

绝对不许和小狗一起睡这条禁令就这样取消了。"不过小狗必须保持干净。"

毫无养狗经验的福珂因此给刚满一个月的小奶狗洗了它有生以来第一个澡，也许这条小狗真的和福珂特别有缘分，它竟然也挺过了这次折腾，并且从此爱上了洗澡，尤其当福珂用吹风机的柔风档给它吹毛的时候，它会眯起眼睛，露出特别享受的表情。

为了省钱，福珂也试着把自己吃的东西分给小狗吃，可能因为这条小狗是混杂了许多血统的串串狗的缘故，生命力顽强，它竟然非常轻松地就适应了人类的食物。福珂甚至给它喂过鸭骨头，后来福珂知道鸭骨极硬，小狗吃了很可能会被刺穿肠胃，惊出一头冷汗，幸好她的小狗一点儿事都没有。

这条乖巧的小狗在福珂极度缺乏常识的胡乱照料下却一次意

外也没出过，后来被福珂正式命名为"PC"。

爸爸不解地问："哪有人管小狗叫电脑的？"爸爸笨啦，才不是这个意思呢。

四

"你是左撇子吗？"

"关你屁事。"

很快的，班上的同学就发现念驹不管做什么都用左手，于是有人完全出于好奇、不带任何恶意地追问了一句，却被念驹毫不留情地抢白了。

福珂诧异地察觉到念驹绝对不是好脾气、易亲近的男孩子，和假期里死皮赖脸要自己请他吃冰激凌的家伙简直判若两人。坐在他旁边的是班上最漂亮的女生，可是念驹也会冷冷地挑剔："喂，你的东西不要过界。"完全就是帅哥的表象，箭猪的本质嘛！

福珂决定和念驹保持形同陌路的关系比较妥当。不过，好像也轮不到她"决定"什么，从开学到现在，念驹从未主动找她说过话，就好像完全忘记了暑假里发生的事情。

忘掉也是很正常的吧，再说了，那件事是不是切切实实地发生过，福珂都有些怀疑。

上午最后一堂课上完后，所有同学都离开了教室去食堂，家离得很近的就回家吃饭，只有福珂仍坐在那里，等所有同学都走光了，从书包里掏出装着紫菜卷的午餐盒。

"喂。"忽然有人贴在福珂耳后说话，福珂吓得差点儿尖叫起来。

"你这神功是怎么练成的?"念驹露出顽皮的表情,"观察你很久了,每天都是一进教室就坐在自己的座位上,然后不到放学就绝不离开。"

不去开水房打水,也不上厕所,这到底是中学生上学,还是高僧打坐?也许别的同学都没发现不起眼的福珂的异样表现,但念驹发现了,总是超级安静地缩在那个小小的空间里,生怕惊扰到谁,她脸上自卑的表情是那么明显,简直到了刺目的地步。这女孩,有相当严重的情绪障碍症呀。

"你以为你是被收养的流浪猫狗呀,只要不听话,马上会被撵出去?"念驹笑着问。

他和她说话的时候声音非常轻柔,这点福珂不可能辨别不出来,她听见过他对其他同学说话的声音硬邦邦得像铁块似的。为什么独独对她这么好呢?真是不合逻辑、无从解释,除非……福珂想起念驹缺了一根手指的右手。

"高念驹,你认不认识一条叫PC的狗?"福珂终于鼓足勇气问。这是福珂对念驹说的第一句话。很多年后,他们都还记得,并且忍不住要发笑。

三

"因为听别人说用英文驯狗比较好,所以PC一点点大的时候我就教它SIT DOWN(坐下)、STAND UP(起立)、QUIET(安静)、EAT(吃饭),甚至开玩笑教过ATTACK(攻击)什么的。"

念驹诧异地看着福珂,这个一贯像只没声音的小兔子的女生竟然

也能神采奕奕地侃侃而谈。午后的教室十分寂静,就连窗外微风吹拂树叶的沙沙声也清晰可闻。

"PC的血统十分复杂,我一直搞不清它到底是什么和什么串出来的小狗,很显然其中一定有一脉是哈巴狗。这家伙对陌生人无比亲切,一个拉不住就要扑上去抱人家大腿,谄媚得让身为主人的我觉得无比丢脸。它特别胆小,经常被小猫咪追得满大街乱窜。所以,对于PC,什么忠犬护主根本别指望,我去保护它还差不多。可是我还是爱它爱得不得了。我想如果PC是个人的话,它一定会是我最好的朋友。期末考快到的时候我睡得很晚,当时只有三四个月大的PC就趴在书桌旁边陪我,瞌睡得东倒西歪,但它就是不去睡。小脑袋一遍遍从桌面滑下去,我真怕它脑震荡。"

念驹想插嘴,但福珂一点儿停下来的意思都没有,越说精神越振奋,眼睛里充满了神采。之前念驹一直都觉得福珂精神上有点病态,像快枯死的植物。他一向非常善于辨识这样的人,因为历史经验的缘故。

"我的PC真的是一只非常有灵性的狗,这从它妈妈身上就看得出来,当报亭主人把小小的PC抱起来递给我,PC的妈妈并没有愤怒地咆哮或扑上来咬我,它只是站在一旁深深地凝视我。我觉得它像是懂得,它的孩子如果被我带走,将过上更好的生活。"

少来吧,念驹想,每个人都会认为自己养的宠物最可爱、最聪明、最有可能具备特异功能,就如同每个小孩子都会坚信自己的爸妈是天底下最完美无缺的人,都是一厢情愿毫无根据的想法而已。虽然心里完全不认同,但念驹并没有说出来,眼前的福珂像个因为开了灯而忽然变得敞亮的小房间,整个人都显得明媚而清晰,他不想做打碎灯泡的那个人。

"你的狗狗为什么叫PC呀?"

"PRINCE CHARMING(白马王子)呀。"

一条杂种狗,还白马王子?念驹极力忍住想要发笑的冲动:"PC后来怎么了?"

福珂的表情忽然黯淡下去:"死掉了。"

六

这件事发生在两年半前,福珂也差不多是在那个时候意识到自己外貌的与众不同之处。班上有人当着她的面喊她"猪鼻子",别的同学在一旁哈哈大笑。本来性格不算外向但也绝对不羞涩内向的福珂就像受到惊吓的蜗牛,把触须收回了壳里。越来越消沉的福珂不知怎么脑子也渐渐不好使了,原本是数一数二的好学生很快就跌到中等水平,妈妈严厉的训斥也让福珂觉得特别痛苦,连亲生妈妈都在嫌弃她呀!

每次难过得连呼吸都会觉得疼痛的时候,福珂就无比地想念PC,她知道如果PC还活着,那么在PC眼中,自己永远都是天底下最善良、最聪明、最可爱的女孩子。

念驹也开始每天都带便当到学校。课间他也会帮福珂去开水房打水。不知不觉就变得很亲近了,福珂发现自己在面对念驹的时候,经常会忘记自己长了一个引人讪笑的圆鼻头。

"你叫福珂,是因为你爸妈很喜欢那个法国哲学家福柯?"

"哇,从来没有人能一下子猜这么准的。我爸妈在大学时是由于一场关于福柯的讲座认识的,他们告诉我,在他们准备结婚时就已经

决定以后有了孩子就叫福珂,不管男孩女孩。"

"那你猜猜我为什么叫念驹?"

"嗯,"福珂转了转黑黑亮亮的眼珠子,"因为你父母特别喜欢BEYOND乐队的主唱黄家驹?"福珂的爸妈都是这个在他们年轻时相当走红的乐队的粉丝,家里至今仍保存着整套的CD和磁带。

"哇,这么古老的乐队你都知道?"念驹用夸张的语调说,"从来没有人能一下子猜得这么准的。"念驹故意模仿着福珂的口气说。

其实念驹的名字和那个乐队主唱一点儿关系都没有,他只是习惯了顺着福珂的话说下去,刻意讨好她。念驹所有堂兄弟的名字里都有个念字,比如最大的堂哥就叫念文。

念文和念驹从小就感情极好。念文本身非常优秀,弹一手好钢琴,又会写很好看的毛笔字,但他从小性格懦弱,有时和别的男孩子一起玩发生了冲突,甚至要小他三四岁的念驹挺身而出保护他。大伯对念文这个缺点深恶痛绝,他开始对念文进行挫折教育,有时更是过分到体罚他。

一年前,念文疯了。之前其实是有过种种迹象的,但大人们都忽略不管,等到念文的精神真的出了问题,他们又深深地以他为耻,甚至要把他送去另一个城市的疗养院,眼不见为净。

念驹只恨自己年纪还小,没有力量为念文做任何事情。后来他查过资料,青春期情绪障碍,并没什么大不了,可以治,可以痊愈的,只要及时干涉就行了。

夏天时在那个莫名其妙的脑力训练班,念驹一眼就发现那个安静拘谨得有些过分的女孩子,她身上散发着和当初念文身上差不多是一模一样的气场。所以念驹才会在下课后死皮赖脸地跟着她,要她请吃冰激凌,他想逗逗她,他希望她开心一点儿。

念驹虽然从来都不是守礼懂事的男孩子,可是像那样耍流氓,他这辈子也是第一次。回家后他越想越觉得不好意思,所以那个培训班他就再也没有去了。

"我们俩的名字都还算有文化呢。"福珂开着玩笑。

"是呀。"

福珂每次吃饭前都会用皮筋把头发向后扎起来,形成一个像燕子尾巴似的小小的辫子,今天不知怎么搞的,小辫子有点儿歪掉了,念驹看见后顺手一拨。

"嘿。"福珂伸手捂住后脑,虽然她非常清楚念驹绝对没有别的意思,还是忍不住脸红了。念驹也露出了类似于窘迫的表情,还是嘴硬说:"扎那么短的辫子好傻的。"也……好可爱。别的同学陆陆续续回到教室,午休时间就要结束了。

ℓ

PC离开这个世界的时候,福珂觉得自己身上有什么东西也随之一起而去了。也许不太准确地描述一下,就是"失去了和这个世界正常沟通的能力"。

为什么不能对长了猪鼻子这种恶意取笑的话一笑置之,或者干脆拿起笔袋狠狠敲一敲说这话的讨厌家伙呢?

她好像再也无法轻松地面对和解决任何实际的问题,不知道怎么自如地和别人相处,最后只好把自己封闭在一个很小很可怜的角落。可是和念驹熟识的这段日子,福珂可以清晰地感觉到自身的变化。冰

融化了,生锈的锁被打开了。

  这两年多时间里,不知不觉丧失殆尽的应付现实人生的能力又悄然地回到了福珂的身体里。有时福珂也会被自己突然发出的呵呵笑声吓一跳。现在课间的时候她也会去走廊上站一站吹吹风,中午除了去食堂,有时更是会偷偷和念驹一起溜出去吃奶茶店的炸鸡腿。

  念驹约福珂周末一起出去玩儿。气候已经转冷了,那天却艳阳高照,气候反常地和暖,有若晚春。桂花的香气丝丝渗进空气里。念驹带来了他最小的一对堂弟妹,双胞胎,只有五岁,口齿却清晰又伶俐。他们很快和福珂交上了朋友,甚至和福珂约定了圣诞节的时候福珂要送他们一人一件礼物。果然,和念驹同学是一家人呀。

  在去动物园玩儿的整个过程中,念驹展现出了鲜为人知的充满"母性"的一面,一会儿担心小家伙掉进猴山,一会儿担心他们跑太快会摔倒,一会儿又担心他们口渴,强拉过来喂他们水喝,他装得鼓鼓囊囊的背包里除了儿童饮料,竟然还有面巾纸、湿纸巾、儿童润唇膏、卡通图案的创可贴、擦汗的小毛巾、零食……分门别类摆得整整齐齐。

  真是周到得让人叹为观止,职业保姆最多也就这种水平吧。这个男生看上去一点儿都不随和,其实有着一颗比刚出炉的面包还要柔软的心呀!

  "喂,太像啦!"

  "这对活宝其实上辈子是亲兄弟吧?"

  "可以这么说,这个主人如果变身成了狗狗,一定长得和他的狗狗一模一样,如果这只狗狗变成了人,一定就长他主人的这副样子。这么复杂的表述,大家看明白了没?"

昨晚，福珂鬼使神差地把念驹和PC的照片合成在一起，然后传到了一个爱狗者论坛，标题写着："果然狗狗和主人越长越像呀，有图有真相。"

出乎福珂意料的是，所有回帖的人都说：确实很像！所以，这并不是她一个人一厢情愿的幻觉。其实夏天第一眼看见念驹时，福珂脑中第一时间便闪过PC的模样。见人如见狗？真是……变形记都没这么荒谬呀。

"等下还得带这对小祖宗去麦当劳，喂，你已经被折腾得神魂颠倒、精疲力竭了？"念驹察觉到福珂的心不在焉。

"念驹，你是不是就是PC？"福珂忽然拽住念驹的手臂，迫使他停下脚步，然后用很小的声音问他。

八

这个玩笑可真是火星级的，他怎么可能是她养过的那条已经死掉的狗？脑子是真的出了毛病吧，竟然问出这么疯狂的问题。念驹第一个反应就是被严重冒犯了，"去你的"三个字已经滚到嘴边，最后还是被他硬生生咽了回去。

福珂显得十分紧张，脸绷得紧紧的，小小的嘴巴抿成了一条直线。她并不是不知道自己问了一个多荒谬多匪夷所思的问题，只有不折不扣的疯子才会这么问吧？如果换作任何人，福珂说什么都不敢问的，但面对念驹，她问了。"你其实是我过去养的那条狗变的吧？"

总是对她温柔以待的念驹，从来不曾笑话过她的念驹，没有对她

说过任何刺耳的话的念驹,差不多一直拿她当作一个小孩子般照料的念驹……普天之下,应该只有他听到她问出这种问题,还能一点儿都不怪罪她吧?

福珂看到念驹脸上马上就要变成生气的表情,不,这一次她太过分了,念驹也要爆发了。"对不起,我随口乱说的。"福珂的话音还未落,念驹忽然笑起来:"哇,最后还是被你发现了。"

眼泪立即从福珂的眼睛里涌出来,像一场突如其来的雨,她忘形地号啕大哭起来:"我知道,我就知道。"

两个小家伙看到这一幕,马上争分夺秒跑过来围着福珂和念驹大声嚷着:"羞羞脸。""念驹哥哥,你怎么把姐姐弄哭了?"小堂妹一本正经地发问。

"怎么样?你有意见?"念驹口气很凶却很没出息地涨红了脸。他到底为什么要纵容福珂那种疯狂透顶的想法,承认自己是一只……狗妖,狗精,还是狗神仙?只是因为不想看见她失望的表情,念驹终于不得不对自己承认。

九

时间一天天过去,天气转冷,再变暖。不管发生了什么,四季依旧从容不迫地转换,人类的意志因此显得格外渺小。念驹想起他在一本书上看到的一句话,大致意思是:我们不能做错事,因为人生太短暂,有些错误也许根本没时间去改正。

对于违心地承认自己就是PC这件事,念驹一直忐忑不安。他很怕他在误导福珂,并最终导致无可挽回的结果,可是每次想坦白的时候，看着福珂越来越显得精神洋溢的小脸，念驹又怕他戳破谎言反而会击溃福珂好不容易凝聚起来的自信。前也怕、后也怕，长到这么大，念驹从未这样苦恼过。

念驹给念文写了一封信。用最传统的邮寄方式，他告诉念文他认识了一个名叫福珂的女孩子，他觉得福珂很像出问题前的念文，所以忍不住接近她，就好像看到有人溺水时不可能不上前助人一臂之力。但他似乎高估了自己，显然拯救别人的精神和灵魂是个非常高端精密的技术活，他却一直像个溺爱的老母鸡，只是一味地顺从、忍让、关爱、呵护，现在他更承认他自己是一条名叫PC的狗变化而来的。他很怕他好心办坏事。

其实这封信更多的只是一种倾诉，念驹完全没指望过能收到念文的回信，但一个月后回信到了，念文不仅看懂了他的信，还给出了精辟的回答：

"若有人有幸被另外一个人无条件地顺从、忍让、关爱、呵护，那么这个人一定很快乐。你看那些备受宠爱的小孩子，他们都很快乐。因为他们知道自己有所倚仗，总会被妥善安放。出了问题的灵魂虽然千奇百怪，但总有一个共通之处，那便是他们不曾得到足够的爱。所以没关系的念驹，福珂会很好，你也会很好。

"物质、时间、空间、宇宙，其实都是人类的幻觉而已。这句话是爱因斯坦说的。还有一种说法，我们所处的三维世界，也就是说整个地球都有可能是宇宙的终极幻象，我们有可能是生活在一幅巨大的宇宙全息图之中。所以，为什么念驹你不可能是那条名叫PC的狗？"

好吧，折起信纸的念驹既觉得感动又觉得好笑，信的最后一句，念文还是尽显了他的狂人本色呀。

福珂告诉念驹她家楼下的九重樱开花了："真是繁花似锦，恨不

得把它做成一件3D的衣服然后穿在身上。"福珂用欢快的口气开着轻松的玩笑。她在校服里穿了粉色的连帽衫，胸前镶着彩色的植绒卡通大象。

除了始终坚信念驹和她已然逝去的爱犬之间存在着某种神秘联结之外，现在的福珂就像花朵散发芬芳一样，很自然地散发着正能量，再也不是那个在培训班教室里很拘谨地坐在角落的姑娘，浑身好像缠满看不见的枷锁，忧郁得像半个死人。

几天之后，念驹见到了那棵盛放的花树，果然花朵的数量是别的树的两倍之多。

"好奇葩。"念驹赞。

"肥料好吧。PC是埋在这棵树下的。"这是福珂第一次对念驹提及PC的死因。那天学校放学太晚，等到她吃过晚饭带PC出去遛弯，已经接近晚上九点。因为居住的小区治安一直很好，福珂丝毫没有意识到危险逼近。本来大概把身上的钱全掏出来给那个劫道的人就没事了，可是偏偏福珂就是一分钱都没带，甚至连手机都没在身上，劫匪发怒了，冲福珂挥舞一直捏在手上的刀子。本来胆怯地缩在福珂小腿后的PC忽然发出一阵福珂从未听过的低沉吼叫，它竟然无比英勇地扑了上去。锋利的匕首削掉了它的右前掌，刺入它的胸口。

"都说枉死的灵魂是没有办法顺利地离开这个世界的。"福珂用力地眨动眼睛，不想让眼泪掉下来。

念驹下意识地摸了摸自己右手断指的地方，他犹豫了一下，终于还是决定不告诉福珂：他的手指其实是被念文不小心切断的。念文曾试图自杀，偷拿了大伯收藏的缅刀，念驹发现后立即扑过去制止，结果……

就算被连累到肢体伤损了，但不知道为什么，念驹就是从未怪过念文，哪怕被妈妈激动地斥责："你这孩子真的少根筋呀！"

他好像真的像条小狗一样，总是对他所珍爱的人无条件地忠诚。如果说他曾感应到福珂身上忧郁到病态的气息，那么福珂一样也能感受到他天生忠犬的气质吧？

念驹低下头看了看九重樱树下的土壤，他觉得他好像真的看见有只轮廓透明的小狗正在慢慢显现，它力道恰当地轻扯他的裤管，想要把他拉到福珂站立的地方。

尾 声

这一年圣诞节的时候，福珂送给念驹一副手套，她自己做的，从选料到最终做成花费了她好几个月的时间。"简直可以去申请专利了。"福珂这样调侃自己。面料轻薄、透气又极富弹性，念驹可以戴着它自在地做任何事情，而右手食指的部分，福珂用软木塞小心地填充了。

成长从来不是轻易的事情，每个人都会受到一些伤害，正如《圣经》里说：撕裂有时，缝补有时，学会修补自己的伤口，学会帮着修补别人的伤口，我们都是这样长大成人的。

小小世界

 任意行走

斯人如彩虹

　　我的爷爷是个收藏家。当他整理藏品的时候,整个世界会在瞬间变得无比丰盛,那些藏品琳琅满目、形状各异,就好像上帝把"美好"这个词语用不同的材质裁剪了无数次。我对别人说我的爷爷是收藏家,别人总是很吃惊,问我:"那你爷爷一定很有钱吧?"我便随嘴答"嗯,是的,我爷爷很有钱"。

　　我的名字叫花南溪,在宁屿中学初中部读一年级,今年十三岁。我讲话时尾音总是高高地扬上去,就像一只站在枝头上的鸟儿,卖弄着欢叫时的声音。我总是很快乐,我喜欢笑,尤其在费若凡被我的视线悄悄地捕捉到的时候。

　　我会在人群中辨认他的背影,然后偷偷地模仿他走路的样子。我会在他站起来回答问题的时候,猛地将头扭过去,脸上挂上求知若渴、不耻下问的表情,然后一直看着他,好像他是一幅博物馆难得展出的世界名画。

　　当他像矫健轻捷的美洲黑豹一样在操场上挥洒汗水时,我就会想起深海里的蚌壳。因为他的汗水在阳光的照耀下,看上去就像一粒一粒的珍珠。

　　费若凡是我的同学,他很优秀,很美好,他从未和我说过话,但我依然觉得他是世界上最完美的男孩,完美得好像被一亿只春天的蝴蝶亲吻过。

二

我在学校只有一个好朋友,她的名字叫任央央。

我认识央央是由于开学大扫除时,我递了一根刚从学校小卖部买来的赤豆冰棒给她。央央流了好多好多的汗,她很胖很胖,大家都不理她。其实大家也都不理我,因为我太喜欢笑,笑起来又太用力太诚恳,看起来实在是比白痴还要白痴——央央很诚实地这样告诉我。没有人愿意和白痴做朋友,当然,还有胖女生。

我咬着冰棒,仍旧在笑。新同学的厌憎实在太渺小了,我想,他们还完全不知道世界有多么大,以及伤痛有多么深。

"不要紧,"我拍拍央央胖胖的手臂说,"我们两个做朋友。"其实,对于所有不太聪明的小孩子而言,友情的缘起一般都很愚蠢。比如我和央央,我手里多了一根送不出去的冰棒,她流了很多汗很需要吃冰棒,我们由此结为至交,然后在随后的相处中,越来越喜欢对方的缺点,完全将这个缺点看成天底下独一无二的优点。

我和央央经常一起坐在无人的角落,我们在笔记本上画小人,都是班上同学的Q版漫画。其实我和央央一样,都想成为每一个同学的朋友,可是大家看不起我们、不搭理我们,我们只好把这份纯真的渴望用力地压在心里。

我画Q版的费若凡,在他漂亮的短发上画了一顶钻石做的皇冠。央央画林柔珂,在她头顶上画了一坨屎,林柔珂总是"死肥猪死肥猪"地喊央央,所以就算央央心地很善良,她也没法儿不讨厌林柔珂。那坨屎周围还有发射型的线条,看上去热气腾腾的。

"林柔珂以为她是天使吗?好呀,我就让她做'天屎'吧……"

央央的声音忽然哑住,属于我们两个的秘密笔记本被人劈手夺去。我和央央一起战战兢兢地回头,果然,林柔珂不知何时来到了我们身后。她看到了那坨屎,她气得樱红色的嘴唇都开始颤抖了,她又看到了戴着钻石皇冠的费若凡,似乎更生气了。

三

林柔珂撕掉了那些画,在第二天课间,当央央偷偷地拿出奶油蛋糕啃咬时,她走过去骂央央是死肥猪,应该用铁钩吊在肉联厂的冷冻室。她骂得很大声,全班同学都听见了,大家都因此而笑话央央,央央趴在桌上哭了,像是犯了天大的错误一般。

我觉得这十分不公平。央央并没有做错任何事情,长得胖怎么能算一个错误呢?可是在场的所有人似乎都觉得林柔珂欺负央央是理所当然的事情,央央活该被羞辱。

我走过去,对林柔珂说:"你才是肥猪。"林柔珂震惊地看着我。"你瞧,我骂你一声肥猪你都会难过得不得了,而你却一直在骂任央央。"我试图和林柔珂讲道理,"天地间的能量永远都是平衡的,所以弱小者终究会得到保护,恃强凌弱的人是最愚蠢的,并且一定会得到惩罚。"我将小时候在教堂里听到的一些说教胡乱地糅合在一起,看着林柔珂的脸说出来,希望可以感化她。

听完我的话,林柔珂忽然一笑,说:"花南溪,你要不要打个电话给上帝,叫他劈道雷下来打打我啊?"全班同学爆发出能将屋顶掀翻的哄堂大笑。

林柔珂拿起旁边同学刚刚冲好的咖啡猛地向我一泼:"滚开啦,

你这个脑残！"我的白衬衫被染上了灰褐色，那个色块一直向四周蔓延开来，我觉得皮肤灼痛。

"管闲事的下场就是这样的。你又不是农场主，干吗这样保护一头猪啊？"林柔珂站起来，还想推我的肩膀。但是有人制止了她，架住了她的手腕。

一直表现得像母狮子一样凶悍的林柔珂忽然变得像小白兔一样温柔："费若凡，她们还在纸上画你，真是恶心死人了！"

我的脸猛地涨红了。幸好费若凡并不计较这些，只是沉声对林柔珂说："算了！"原来当女孩变成灰色的时候，白马就会降临啊！所以童话里有灰姑娘，又有白马王子！我愣愣地看着被咖啡染了色的衬衫前襟，然后我在费若凡关切的询问声中抬头笑了。

"你没事吧？"

"没事！"费若凡明亮的眼瞳里的那个"我"的影像太小太小，所以我并不知道那一刻我的笑容很呆很痴傻。

四

费若凡担心我烫伤，好心地陪我去医务室。

一串水疱在我的胸口一粒粒地突起，像一小撮长错地方的石榴籽，春天的空气很软，还带着泥土草叶和花瓣的甜味。

医务老师很贴心，上药的时候一直问我疼不疼。我看着淡蓝屏风外坐着等待我的费若凡伸着长长的腿，就说："不疼呢。"真的不疼呢。在充满药味、酒精以及消毒水味道的白色医务室里，我却一个劲儿地闻到了不知名的花香，幽甜、沁人心脾。

手机响起,费若凡接听,他有点儿不耐烦却依然温柔地向电话那头的人说:"如果真的弄伤了人家,你怎么收场?"

啊,原来是怕林柔珂惹上麻烦才对我这么好啊,小小的失落像地上的小水洼被踩后溅出的水滴。我尽力配合费若凡大大的步伐,从医务室出来时整个校园都是寂静的,夕阳像一枚煎得很好的蛋贴在天边。

费若凡说:"太晚了,你家住得远,我送你一程。"所有的失落像吃了解药一样迅速地变成了欢喜。

没有走多远,我便看见了爷爷。有的时候他是会在学校外等我放学的,好似我还是很小很小的孩子。

"爷爷!"我大喊,整个身体都因为过分用力而弯曲起来,我看不见自己,我的举止实在和一个几岁大的小娃娃没啥区别。

正弯腰用铁钎捡烟屁股的老人家抬起头来。他看到我,笑起来,拎起装满瓶瓶罐罐和各色垃圾的麻袋,向我走来。

费若凡先是震惊地瞪圆了眼睛,然后他缓缓地笑了,像是经过了漫长的、费劲的思考,才能将这个笑容挤出来一样。

我对每一个人说过,我的爷爷是收藏家,我的爷爷很有钱。我指了指向我走来的步履蹒跚的老人,很骄傲地向费若凡介绍道:"这是我爷爷。"

"嗯。"费若凡的眼神很温暖地落在我身上,说,"去吧,和爷爷回家吧。"

三

费若凡忽然对我很好很好,其实林柔珂只烫伤过我一次,他只需要对我好一次就可以了。但接下来的日子里,费若凡会主动和我打招呼,主动向我笑。要知道，在学校里能享有这样待遇的人可是屈指可数的呀！

费若凡是名副其实的校园王子。他优秀得像个发光体，就像电影《魔戒》里不管走到哪里都会散发出美丽荧光的精灵。

当然了，费若凡这位王子并没有一个富庶的王国给他作为支撑。他的父亲早亡，母亲独力抚养他，有时家用不够，他妈妈就去夜市摆摊，费若凡在一旁帮妈妈叫卖。这是众所周知的秘密。

但没有人因此而看轻费若凡，因为他手中拥有一个大部分人都没有的武器——他绝顶聪明。所有人都知道，在这个崇尚"知本"的时代，费若凡只要轻轻运用一下他万里挑一的聪明脑袋，就能摆脱眼下的窘境。面对这个全能且强悍的少年，谁敢取笑他的贫贱呢？大家想到的都是英雄出少年。

"这是一头幼狮。"央央结束了对费若凡的评价，咕嘟咕嘟喝了好大一口冰可乐。央央非常听费若凡的话，因为他主动对我示好，于是林柔珂不敢对我再有过分的举动，连带也不敢再欺负央央了。所以，费若凡这个保护神除了保护我以外，还顺便保护了央央，他是多么伟大啊。

真希望费若凡可以一直对我好下去，最好他可以像王子喜欢公主那样全心全意地爱护我，足球滴溜溜地停在我脚边时，我的脑中仍在进行着这样轻飘飘的幻想。

"把球丢过来。"费若凡在操场中央向我喊道。我没动，他便走了过来。

我刚刚捡起了球，他就已经跑到了我跟前。"在犯什么傻呢？"他接过球，仔细望望我的脸，笑容在他脸上就像被沾满颜料的画笔一层层地涂抹、一层层地加深着，最终，他的手落在我的头上，好像那也是一个球一样，他轻轻地拍了拍我的头。

费若凡拍了拍花南溪的头。很多人看见了这一幕,很多人会认为那样的"轻拍"根本是爱抚。我觉得我的整个灵魂都要冲出身体,飞入云霄,然后对藏在那里的爸爸妈妈说:"你们瞧,那个美好得要命的男孩他拍了我的头呢!他也觉得我很可爱,是吗?是吗?"

六

天气渐渐转暖,学校恢复了晚自习。费若凡又提议要送我回家,因为我住在城郊,又没有脚踏车。我屏住呼吸,跳上费若凡的车后座。

"坐好了吗?"

"嗯!"

"走了哦!"

"嗯!"

顶风骑行时,他的衣服会裹住我的脸颊。硬硬的织物散发着暖意,触碰着我的皮肤。我的双手紧紧地握住车座的边缘,我抬头看着少年被风吹得向后横飞的短短头发。

我们一起看过月亮、星星,穿过柏油马路,感受过别的同学好奇窥测的目光,到了那条两旁种满槐花树的小道时,费若凡停下车来,窄窄的土洼路只能步行,走过这条槐花小径,就能看见我和爷爷住的三间大瓦房了。瓦房前有院子,院子里养了胖胖的鸡,隔了这么远也能听见偶然冒出的一两声"咯咯咯"。

费若凡陪我走了几步,简陋的瓦房越来越近,他像是下了很大的决心,说:"花南溪,你爷爷并不是收藏家,他其实是个拾荒者。"

"什么?"我听不懂。

"不要再对别人说你的爷爷是个有钱的收藏家了。"费若凡盯着我的眼睛,然后加重语气,"别人会笑话你的,你明白吗?你要学会自己保护自己,明白吗?"

我傻傻地愣在那里,一个字都答不出来。视线余光落在自己的脚尖:我穿着十九元一双的帆布鞋,是超市里卖的最便宜的那种。

确定余下的路我自己可以安全走过后,费若凡掉转车头,准备离开。

"费若凡!"我喊住他。虽然我听不太懂他在说什么,但那种发自内心的关切我是懂得的。"我很在意你。"费若凡的背部迅速绷直,然后他跨上脚踏车,飞快地骑走了。他似乎没有听见我对他说了什么。

不知道为什么,我忽然变得很伤心、很伤心,但我不敢哭,因为我怕这次的伤心会像小猫钓鱼似的钩出别的伤心来。我是没有爸爸和妈妈的孩子呀,如果我不小心,我心中的伤心就会滚成世界上最大的那个雪球。

风向四面吹着,天空很大很孤独,我仰起头让眼泪倒流。瓦屋前暗暗的灯光下,是爷爷苍老的身影在眺望。

٧

我病了几天,发高烧,说胡话。恍然间,我听见直升机降落时的巨大噪音,还有一位让我觉得很熟悉的、头发和胡须的颜色都很像生姜丝的白衣老先生。

病好之后,我如常回到学校,费若凡就像打定主意躲在云层后不再出来的太阳那样,他不再对我笑,不再主动和我说话,我想靠近他,他立即很快地走开。林柔珂美丽的脸上浮起幸灾乐祸的笑。

央央安慰我说:"这个世界上人人都势利,所以费若凡也势利,

这没什么好大惊小怪的,因为费若凡也是个人。"

是这样吗?因为我爷爷是贫穷的拾荒者,而不是有钱的收藏家,因为我们住破房子,因为我穿软塌塌的便宜鞋子,所以就要疏远我吗?费若凡也这样势利?

放学的时候,我不顾周围同学嘲弄的目光,拦住了费若凡,我说:"我要和你说话。"费若凡留了下来。

空荡荡的教室里,我大声的提问带着隐隐的回音:"你为什么躲着我?"如果费若凡说,因为你是穷丫头,我马上就可以反驳他。但是——

"因为我喜欢美丽的女生。"费若凡的眼睛里闪烁着十分自信的男生才会有的光芒,很犀利。

我感觉到一阵隐隐的疼痛。我并不美丽,就像一片绿色的叶子。是的,叶片也有它的青翠晶莹之美,身为花季的少女,还是该像一朵鲜花那么明媚、那么妖娆,可以吸引少年的目光,然后让他们的心为之醉倒。

"之前我对你那么好,是因为我怜惜你。是我疏忽了,我不该指望一个连拾荒者和收藏家都分辨不清的傻丫头弄明白怜惜和喜欢的区别。所以,花南溪,为了避免你再想入非非,我只好疏远你了。但是,我从来不曾讨厌你花南溪,以前不,以后也不,永不。"

费若凡一字一字很认真地向我解释。他并没有回避我的质问,也没有矫饰一个借口,他向我坦诚了事实,不管怎样,这比向我说谎要高贵很多倍。当然了,这个事实实在是很伤人。

"因为我不漂亮?"

"是。"

我相信,比我坚强一万倍的女孩子恐怕也承受不了这样残酷的事实。

八

我的爷爷是一个喜欢用铁钎子在马路边上捡香烟屁股的老人。他非常豁达,比如,对我常常考倒数第一这件事,他总是一笑置之,他还对我说,学习最大的乐趣是过程而不是结果。他只要我快快乐乐地去上学,有学上就好了。爷爷还因为我功课太差的事特意去过学校,之后老师们对我每次考试都吊车尾的事也开始见怪不怪。当我对爷爷说,我想整容的时候,他的脸上只是掠过淡淡的惊讶,然后他笑眯眯地问我:"要整成什么模样呢?"

我说:"林赛·罗韩,要不,达科塔·范宁。"

爷爷哈哈地笑了,说:"那些都是白种人,你这个小炎黄子孙可不能照她们整。"

我说:"那就林柔珂吧!"

爷爷说:"林柔珂是谁?"

我拉爷爷去了夜市。那个摊位卖的是各类小首饰,美丽却廉价,眉目温婉的妇人身边站着高大英俊的少年。

"是你的同学呢!那天遇见过。"爷爷一下就认出来了。

我刚准备点头说是,一道轻盈的身影如小鸟般飞扑到费若凡身边,她将那些亮晶晶的小首饰一样样地披挂在自己身上,越来越多的顾客围拢上去。费若凡低头打量努力招徕生意的林柔珂,他的目光是亮灼灼的,带着想要占有的渴望。我想起我小时候看中最新款的芭比娃娃时,那时我脸上的表情一定和费若凡此刻一模一样,因为倾倒于一种不能抗拒的美丽,所以愿意倾尽所有去换取。

真的太不公平了！林柔珂不过是长得好看而已，她连"好女孩"的边都沾不上，费若凡偏偏就是喜欢这个仅仅只有美丽外表的林柔珂。

"我要整成那个女孩的模样。"我扯了扯爷爷的衣袖。

爷爷笑着，不置可否。费若凡像是感应到了什么，抬头向我和爷爷站立的地方打量了一眼，他露出歉意的神色，但没有回应我向他摆手打招呼的动作。是的，他说过了，为了避免我再想入非非，他决定疏远我了。

"南溪，任何人只要和你相处久了，都会发现你是个极其可爱纯真的小姑娘，是世界上最美最美的小女孩。"爷爷说。

我明白他的意思，正如我和任央央相处久了，我一点儿都不觉得她的像两个女孩叠加起来的巨型身材有什么难看，相反，我觉得她好可爱。可是，只喜欢漂亮女生的费若凡怎么会给我机会和他"相处"呢？

他永远也不可能发现我不起眼的外表下其实有一个闪闪发光的小灵魂，除非哈利·波特从电影里穿越到我身边，然后挥舞他的魔法棒，说："篱笆红啦斯卡达，费若凡，你以后都看不见花南溪不漂亮的样子！取而代之的，你能看见花南溪的小灵魂。"

虽然我很笨，但我也知道我的幻想永远不会实现。费若凡永远都会因为看见了花南溪不漂亮的脸蛋然后移开目光。再也不理她。再也不理她了。

九

第二天，化学实验室发生了爆炸，虽然我坐在后排，并没受到任何波及，还是由于惊吓过度而病倒了。

是的,我的神经简直比纸还要脆弱,经不起任何风吹草动。当爷爷和那位胡子是姜黄色的外国人焦急地讨论着什么的时候,我的脸贴在枕头上,眼泪完全不受控制地一滴滴地向外滚落,那些尘封已久的黑暗记忆,正一点点地浮起,撕裂了我的心:"……爆炸了……死掉了……因为想要赶回来……为了Nancy……"

等我重返学校时,已经是半个月之后了。央央热情地跑过来迎接我,从她口中我才知道,在那次爆炸中受伤最重的人竟然是费若凡。

"他好傻啊!"央央说出了眼下大多数人对费若凡的评价,"不肯听从校方的劝说,在接受媒体采访时说这一切都是学校的疏忽……"于是,费若凡从学校里的天之骄子变成了一个叛徒。更严重的是,费若凡在这次事故中受了伤,尤其是眼睛。

"听说是视网膜受到严重灼伤,勉强只能看清一点儿东西,最好的法子是移植角膜,不然最终可能失明。"

十

我再次看到费若凡,是樱花盛开的时候,学校里的九重樱开得如梦似幻。费若凡一个人孤独地坐在那里,脸上架着一副遮住半张脸的太阳镜,微微地侧着头,朝着窗外的方向。我看到谁都不愿走过去,于是我站了起来,就在这时,几个男生靠了过去。

"哟,费爷您现在还要酷呀?"

"你这墨镜是在哪个地摊上买的?屈光度不好,小心下楼梯摔死你。"

"人家百尺竿头摔下来也没见死,命大着呢。而且屈光度不好就不好呗,反正他又看不见。"

"对了,这瞎子戴眼镜是不是和脱裤子放屁一样,是多此一举呢?"

挑衅的话语,刻毒残忍至极,最后说话的那个男生干脆一伸手打掉了那副眼镜。他们对着费若凡的脸发出一阵怪笑,然后便一起跑开了。费若凡由始至终一言不发,但我看见他交握摆在桌上的手因为紧握而指节泛白。

我轻手轻脚地走过去,捡起了那副眼镜,然后对准费若凡的鼻梁,架了上去。费若凡整个人向后瑟缩了一下。我故意屏住呼吸,也不说话,我希望费若凡把我误认为林柔珂,然后给我一个他只会笑给林柔珂看的、很宠爱的笑容。

"花南溪。"他立即认出了我。

我真怀疑所谓他眼睛受伤都是别人编出来的流言:"你怎么知道是我?"

一直绷着脸的费若凡忽然笑了:"因为只有你闻起来甜甜的,像个很小的孩子。"

我的心中忽然绽放出无限的欢喜,就像只能开放一秒的花,而整个世界都在隆重地等它开放。

十一

费若凡的遭遇让我非常生气,他不过是说出了一个事实,便遭到这样的打击,甚至没有人同情一下他受了这么重的伤。

"费若凡没有错,错的是那些人。"我得出结论,并且我认为我的看法非常公正。

"大家都在孤立他，你一定要唱反调吗？"央央流露出害怕的表情。

我真的想不明白，原本被所有人视为天才的美好少年，怎么一夜间就可以被人当作一只丑陋的爬虫呢？这么厉害的魔法原来现实生活中也有？

因为我坚决要站在费若凡这一边，央央由于我的缘故不得不与我站在同一阵线。她怕得要命，拼命给自己打气说："之前老是被别人欺负、耻笑，其实算是一种训练，都是为了今天而准备的。"费若凡听了以后微微地笑着，脸上露出若有所思的表情。

我们三人组成小团体，互相做对方的脊梁。有人坏心地称我们为"三贱客"。

欺负事件始终没有停止过。最严重的一次，是课间费若凡要去洗手间，因为没有别的男生愿意帮忙，我不得不当他的领路人。结果一路上我和费若凡受到"夹道欢迎"式的热烈嘲弄。此后，费若凡在学校的时候，他一口水都不再喝了。

我不明白费若凡为什么不还击。他像是变成了另外一个人，过去那个眼神骄傲、气场迫人的男生面对欺负和挑衅时变得默不作声。上课的时候，他的脸总是偏向一边，显然没有认真听讲。

为了安慰费若凡，央央说："就算在动物世界里，幼狮也是连一只卑鄙的鬣狗都打不过，所以费若凡你要相信自己，你只是需要一些时间变得强大。"

我觉得央央说得很有道理，可是费若凡却说："也许我根本就不是一头幼狮。"他一边说一边微笑着。在我看来，那个笑容真的比哭泣还要悲伤。我始终觉得，费若凡并没有失去他的力量，他不会因为眼睛受伤就变得不再聪明绝顶，但是他失去了相信自己的力量。

那个曾散发着耀目甚至灼人光芒的少年呀，我发现我没有办法眼睁睁地看着他在我面前变得如此萎靡和黯淡。可是，我要怎么帮助他呢？

十二

费若凡的妈妈接受了法律援助要起诉学校，这是成人世界里的一场恶斗，事件背后牵扯到的利害关系，别说我和央央不懂，就连聪明的费若凡也未必全懂。总之，费若凡在学校里的处境更加雪上加霜了。

这天在课堂上，老师说："费若凡，你连这么简单的题也答错，愚蠢。"哄笑声猛然爆发，费若凡在这片恶意的笑声中将头低下去，像是被淹没了一般。我站起来，说："老师，你才愚蠢。"

我被送去校长室接受训话。费若凡像是要守护我一般，固执地待在校长室外不肯离开。说真的，有的时候我真高兴费若凡的眼睛受了伤。因为他看不见我的样子，所以他不会嫌弃我不漂亮；因为他看不见脚下的路途，所以我可以在上下楼梯时，名正言顺地握住他宽大温暖的手掌；并且他吃饭的时候，他必须等待我帮他剔掉鱼骨头和鸡骨头，把菜肴仔细筛选一遍，然后才递给他吃。我可以当一个小妈妈，我可以拿他当我的布娃娃那样照顾他。

可是假若我为了这些小小的快乐就希望费若凡永远活在见不到光明的世界，那么我和那些为了将天鹅留在湖泊而剪去它们翅膀的残忍大人有什么两样？

校长并没有教训我，相反他对我很亲切，他说已经打了电话要我爷爷来接我。在等待的这段时间里，他问我："几岁回国的，英语还会不会说？"

我耐着性子回答他，心里却在想着另外一个问题："爷爷，我想帮助费若凡。"

在和爷爷一起回家的路上，我很认真地说出自己的想法。

"央央说，费若凡的眼睛要有人移植眼角膜才会好，我想把我的眼角膜移植给他，只移植一只给他，这样我还有一只眼睛看得见。可以吗？"我仰头望着爷爷。

总是豁达而温和地微笑着的爷爷，破天荒地露出震惊的表情："南溪，你知道你自己在说什么吗？"他脸上每一处皱纹都因为痛苦而轻轻地颤动着，"难道你真的是一个傻瓜吗？"

爷爷的反应大大地出乎了我的意料。第二天，我把我的计划告诉给央央听，央央直接尖叫，她说："你没脑子呀，花南溪？"

我真的不知道我的提议有什么不好，我抬头望着镶嵌着一朵朵白云的蓝天，我想分一只眼睛给费若凡的心情就像我想分一半面包给路边饿肚子的行乞者是一样的呀，为什么爷爷和央央要那么惊讶？我的膝头摊着那张只得了十一分的数学卷子，我总是记不住老师上课时说了什么。

费若凡走过来，他摸索到我的肩膀，然后用力将我推倒。"笨蛋！"他说，然后他再也不理我了。

十三

我又病倒了。爷爷说他要带我回纽约。他说他错了，其实远离尘嚣、返璞归真的生活对我的病并没有任何帮助。相反，我似乎变得更傻了。我知道这次回去恐怕再也没有机会见到央央和费若凡了，所以我偷偷拔掉了输液的针头，瞒着爷爷和长着姜黄色胡子的大夫，溜出了家门。

我来得太晚了，学校里变得很安静，同学们都回家了，我一路走一路伤心，因为我没办法当面向费若凡和任央央道别了。然后，我看见了那场争执，几个人围着费若凡，有人动手推搡他，甚至打他的脸和拍他的头，我立即就要拔腿冲上去，但是我看见了林柔珂，她的表情简直比那几个坏男生还要凶恶。

"死开点啦！丑八怪！"

费若凡除了眼睛受伤，那次事故还在他的脸上留下了几道狰狞的伤疤，我第一次看见的时候也吓了一跳，但是有了伤疤的费若凡依然还是费若凡呀。我喜欢他漂亮的样子就像喜欢一只崭新的布娃娃，就算布娃娃弄脏了，我也不会就因此不再喜欢了。

林柔珂曾经是那个最受费若凡珍视和爱护的幸运女孩呀！每个人都应该回报别人对自己的好，她比我聪明，她竟然不明白。

"林柔珂，你才是丑八怪。你是猪，你笨死了！"我说。

林柔珂惊讶地瞪着我，然后冲过来给了我一个耳光。我猜，费若凡听见了那声清脆的"啪"。我的脸颊上燃起火辣辣的疼痛，费若凡忽然号叫起来，就像受了很重的伤的勇士犹豫了很久终于决定把伤痛喊出来。那道声音很吓人，费若凡接下来的举动更吓人，他像疯了一样挥舞着他手中的盲杖，受伤后面对欺侮始终逆来顺受的他终于反抗了。林柔珂和那几个坏男孩吓得落荒而逃。

盲杖挑起地上的灰土，一团灰色的雾令我的视线变得模糊，我大声地喊费若凡的名字，终于他安静了下来，尘埃落定。时间嘀嗒嘀嗒地走了很久，我走到他身边，发现他竟然在流泪。

"我不想连累你，花南溪。"他说。所以那天他才忽然将我推倒，又恶狠狠地骂我笨蛋。

"可是我真的完蛋了，我什么都做不了了。"费若凡用双手捂着眼睛，用力地按下去，似乎丝毫感觉不到疼痛一样。

我急忙将他的手拽下来，然后大声地向他喊道："才不是呢！脸上有疤的费若凡还是费若凡，看不见的费若凡还是费若凡。那个真正的你，是不会变的！"

我并不知道，爷爷在不远处默默地注视着我，脸上露出被深深打动的表情。他大约做梦都没料到可以从被医生确诊为"心因性智力发育迟缓"的孙女嘴里听见这么聪明的话。

那个真正的你，是永远不会变的。聪明或愚蠢，好看或丑陋，都无力影响一个人的灵魂。费若凡的眼睛已经没有办法折射光线，但我总觉得我从中看到明亮的东西在一点点地升起。

十四

我的爷爷是拾荒者，他喜欢去捡那些不爱护环境的人丢在马路上的烟头。但爷爷同时也是真正的收藏家，上古时代的玉、唐代的卷轴画、宋朝古籍、明清家具，他的收藏琳琅满目，美不胜收。

我出生在一个富可敌国的家庭，但当再多的财富也挽留不住心爱的亲人的生命时，你会觉得钱财是世界上最无所谓的东西。所以爷爷带我回国，过与往日迥然不同的简朴寒素的生活，希望我能将困扰我的那些记忆全部忘记。

"Nancy，"爷爷对我说，"爷爷决定了，我们来帮助费若凡。让他和我们一起回纽约治眼睛。好吗？"好！好！一千个好！一万个好！

"可是,等费若凡好了,他可能又会嫌弃你长得不够漂亮,然后不和你做朋友了。"爷爷的脸上带着考验我的表情。

啊,我差点儿忘记了,费若凡曾经十分诚实和残忍地告诉我说,他喜欢漂亮的女孩子。恢复视力之后的他必然又变得像过去一样自信骄傲,到时他应该又会觉得我不够资格接近他了。

"不要紧。"我黯然地回答。有些事情是可以改变的,比如费若凡的眼睛,高明的医生就可以帮他恢复;有些事情是不可以改变的,比如我的样子,因为那是爸爸妈妈留给我的,我不能变,也不想变。

十三

我推开门,走进了露台,几只灰鸽惊起,扑棱着翅膀飞去,这个被称作大苹果的城市,我在这里却从未闻到过水果特有的甜香,我并不喜欢这里。

我抬头仰望离我很遥远的天空,屋子里正在进行一场我听不见的对话。爷爷说,如果说过的话可以收回,他希望他当年没有对我说过:"都怪你,都是因为你的任性,你父母才会死掉。"他说完这句话,我就晕倒了。醒来后,我就变成了另外一个花南溪。

我九岁生日那天,爸爸妈妈为了及时赶回来,不顾恶劣的天气强行驾驶私人飞机,最后连人带飞机一起掉进了太平洋。太平洋那么那么大,所以我再也不可能找到他们了。那位长着姜黄色胡子的大夫是我的主治医生,他告诉爷爷,因为受了强烈刺激的缘故,我的心理和智力极有可能停止成长,终我一生,我都只会像个八九岁大的孩子那样,我永远也学不会解微积分,永远没法读懂莎士比亚的悲剧。

"但是，Nancy也会像所有八九岁大的、前青春期的孩子一样，她会始终拥有强烈的正义感和同情心，关心别人更胜于她自己，她会始终像真正的天使那样美好善良。"大夫说。

爷爷热泪盈眶，而那个眼神明亮的东方少年，他静静地听完了这场对话，忽然，他开始说："如果没有这场事故，没有这段什么都看不见的日子，我会一帆风顺地长大，轻而易举地成功，浮华浅薄地活着，一直到老死……"

我望着天空，心里十分惆怅，因为我想到只要十二点一到，灰姑娘就会失去魔法的光彩，因为我不够聪明，所以我没有办法立即知道，王子已经在十二点前看到了她的比水晶更晶莹的灵魂。

我转身看到费若凡正微笑着望着我，他的眼神就像阳光下新酿出的蜂蜜那样，充满了甜蜜与宠爱的味道。我想，我可能是看错了。可是我明明又闻到了那种味道，就是那次费若凡陪我去校医务室敷药时我闻到的那种味道。如果爱的能量伸展在空气中会散发一种味道，我相信，就是这样的味道，类似花香，幽甜、沁人心脾。

爷爷说，我们不留在纽约，我们和费若凡一起回国。以后我可以继续和他一起上学，继续和他做好朋友。

一天，费若凡说："花南溪，你真的像花朵一样漂亮。"我吓了一跳，我想，我一定是听错了。我一直在等十二点的钟声，但很奇怪，它一直没有响，一直一直没有响。

没有我的 伦敦 你是否会寂寞

一

音乐响起的时候,我挺直身体,慢慢打开双臂,我感觉不远处有道冷锐的目光正密切地注视着我,我不能输给她,我在心里说:"流云,这一次我们一定要一较高下。"

桃皮色的足尖鞋随着我身体重心的移动慢慢立起,妈妈说过,芭蕾舞者都是刀尖上的凤凰,所有的优雅都来自浴火重生的痛。尖锐的疼痛由足趾迅速传入我身体中的每一根神经,我以极狼狈的姿态狠狠摔倒在舞台正中央。鲜血在桃皮色的舞鞋鞋面上一点点浸润开来,像熟透的石榴忽然炸裂。

评委们都惊讶地张大眼睛,预选赛不得不中止。我抬起头,正好迎上流云的目光,她表情淡漠,看不出喜怒。是她做的吗?是她吗?

二

这一次的舞蹈比赛,胜出者将有机会获得伦敦皇家舞蹈学院的入学资格,是每个学舞女孩梦寐以求的锦绣前程。

我握着不知什么时候被人偷偷塞进碎玻璃的舞鞋,心情沮丧到极点,我不知道还能不能获得重赛的机会。更衣室里其他姑娘窃窃私语着,并向我投来同情的目光。

流云走了进来。所有人都下意识地避开一点儿,她不管走到哪里,都能带着无比犀利而又强大的气场。妈妈说过,流云是新生代舞者中能将黑天鹅这个角色演绎得最入神入骨的,我想这大概无关舞技，仅仅因为她心性中就有如此狂放邪恶的基调。

玻璃一定是她放进去的吧！一直以来我都是她最有力的竞争者，不久前我又做了她哥哥的女朋友。

流云忽然伸手夺走我血迹斑斑的舞鞋，我愕然，根本猜不到她下一步想要做什么。流云走到一个女孩子面前，用力将鞋拍到她的脸上，玻璃碎片穿透薄薄的缎面，在女孩脸上刮出血痕，女孩立刻流下泪来："你……你干什么？"

"你呢？你又干了什么？"被打的女孩羞愧地低下了头。

"无耻！"流云骂完这一句，又走到我身边，冷冷地丢下一捆绷带，什么也没说，径自离开了。

三

因为足尖受伤的缘故，我不得不停止练舞，休养几天。夫锦很高兴地将日程排满，看完电影后，他带我去吃冰激凌，点了最不甜的抹茶口味。但冰激凌这种东西，自我懂事以来，我最多只敢看一看、闻一闻，连舔都不敢去舔的。身为一个自律的舞者，为了保持骨瘦如柴、身轻如燕的身材，必须戒绝一切美食。很小的时候，妈妈就这样告诫过我。

但夫锦舀了一勺，送到了我的唇边。冰甜的味道和他脸上盈盈的笑意，就像一道无形的咒，令我瞬间忘记一切清规戒律。舌尖触到爽滑甜腻的味道，令我莫名想起很小的时候我羡慕别的小朋友可以抱着冰棒狂啃，不止一次偷偷打开冰箱取出冰块来吮吸。

我忍不住把童年的糗事讲给夫锦听。他笑起来，眼神里是无尽的宠溺。"我也想起一件事，流云小时候好像也这么干过，不过她是把

脸放进冰箱里，结果舌头被粘住了。"

"不可能！"我大叫，同时忍不住哈哈大笑。真难想象，流云那样矜持冷漠的人也做过如此愚蠢的事情，正如我想象不到她会出手帮我教训那个陷害我的人。她一向我行我素、睥睨众生，真的很难想象她会为了什么人挺身而出，更何况那个人还是我。我总觉得这件事另有隐情。

"怎么不可能？她也曾经是小孩子呀。"夫锦以极宠溺的口吻提起妹妹。

我笑笑不语。说不嫉妒，绝对是假的。夫锦和流云从小相依为命，虽然亡母留下的保险金足以应付生活。但在艰难人世寂寂长大，只有彼此可以依偎的情谊，绝非一般兄妹情可以比拟的。

我始终记得那一幕，大雨倾盆，夫锦来接流云，他斜撑着伞，差不多全部伞面都覆在流云的头上，而他大半个肩头都淋湿了，却像毫无所觉。大约就是在那一刻，我下定决心：我要得到夫锦。

四

在妈妈的斡旋下，我获得了两个礼拜之后的重赛机会。

"好了，现在其实就是你和流云之间的竞争了，不知道你们谁最终会胜出。"晚上，妈妈一边为我按摩松筋一边说。

"当然是我！"我脱口而出，我真不明白我妈怎么会说出这样的话，我是她女儿，她理所应当认定我是稳赢的那一个。

"难说。"不过这两个字却狠狠地伤到了我。难道在妈妈的心目中，我和流云的地位竟是平等的？

"你为什么总是这样看重她？如果说流云是天才，我一样也是！但是她是你的什么人？我又是你的什么人？"我大喊，"你太莫名其妙了！"

妈妈错愕地看着我，久久说不出话来。其实这么多年来，我对流云的恨，很大程度上都是源自于我妈对她格外友善的态度。

流云五岁跟随我妈妈学舞，她第一次来练舞房的时候，妈妈满脸堆笑地迎上去，甚至还俯身拥抱她，说："你就是流云吧，长得真可爱。"妈妈少年成名，和所有成功的舞蹈明星一样，气质清冷高贵冷傲，她甚至很少对别的学员笑，这样的热情洋溢，真是破天荒头一遭。

但流云更傲，她挣脱我妈的怀抱，退开一步，绷紧的脸上显出微微的鄙夷，顺带着，她还将这种鄙夷的目光转到了当时站在一旁的我的身上。

即使是这样不礼貌的回绝也没能激怒妈妈。后来，逢年过节我妈都会邀请流云兄妹来我们家，流云一次都没有出现过。但妈妈锲而不舍，多年如一日地在流云面前保持着卑微讨好的姿态。

我知道流云的妈妈和我妈妈曾是好友，但以这样卑贱的姿态对待旧友的孩子，正常吗？我和流云针锋相对这么多年，也是因为我必须夺回由于妈妈反常的态度而令我在流云面前失去的自尊。

三

我重赛后顺利地进入复赛。赛前，我和流云在更衣室各自准备。因为初赛成绩我们并列第一，所以被安排在最后两位出场。随着比赛的进行，很快更衣室就只剩下我和流云两个人。

我仔细地反复检查我的舞鞋，流云在一旁轻轻冷笑了一声，似在嘲笑我的杯弓蛇影。我想了想，也报以冷笑："其实，根本就算你做的吧，谁都知道林颐为了你，什么事都肯做的！"林颐就是那个在我舞鞋里放碎

玻璃的女孩，她已被舞团除名。她喜欢流云，是众所周知的秘密。

对于很多一心想在舞蹈界崭露头角的学舞少女而言，生命简单狭隘得只剩黑白两色，没有美食、没有享乐、没有机会去接触这个花花世界，只有自律自律再自律、练习练习再练习，每天面对的只有舞团里的其他同伴，因此产生感情上的偏差并不是多罕见的事情。流云不作声，只是再度冷笑一下，好像听见了多好笑的笑话。

"你当着那么多人的面揭穿林颐，不过是为了撇清自己的嫌疑。你以为如果我将事情的真相说出去，你的下场会怎样？林颐已经被除名，你就不会？你没那么特别的。"我以极自信的语气说出这番话来，其实，一切不过是我的猜测。这是心理战术，我的目的就是要流云在赛前分心。

"真相？"流云终于站了起来，她走到我面前，居高临下地俯视我，"我来告诉你真相是什么，其实那天林颐在你和我的舞鞋里都放了碎玻璃，但我发现了，换下了自己的舞鞋，至于你，我干吗要提醒你？那天我抽林颐，不过是为我自己报仇。你弄错了一件事，就是林颐没有那么喜欢我，至少没有喜欢到为了我而放弃皇家舞蹈学院入学资格这样的机会。哦，你还弄错了一件事，你就算把真相讲出去，也不过就是令我变成一个懂得回避危险的聪明的受害者，凸显你的愚蠢而已。"

我的双拳慢慢握紧，我知道这场由我挑起的战争我是彻底失败了。

"哦，还有一件事，"流云忽然笑起来，笑容妩媚，眼神流转，"我不妨也一并告诉你，你以为我哥哥是真心喜欢你吗？他追求你，不过是为了帮我铲除你这个讨厌的障碍！"

是的，一个还在修炼阶段的舞者不能因为任何事情分心。妈妈在知道我和夫锦恋爱后，曾流露出极度不赞同的表情，说："非要是现在吗？你真的要让你自己现在就面对爱情还是舞蹈这么棘手的选择？"

六

　　我曾经认定妈妈危言耸听,这根本不是选择,这完全是可以两全的事情。但是我和夫锦在一起之后,我确实大大减少了练舞的时间,甚至就算在练舞的时候,我也会情不自禁地走神,更别提我为了可以和夫锦愉快约会,而不得不强迫自己恢复正常人的饮食。

　　那天夫锦亲手喂到我嘴里的冰激凌,曾让我觉得是那样甜蜜,但听完流云的那番话,我不得不开始怀疑夫锦是不是真的别有用心,口腔里居然充满了苦涩的味道。

　　那天的比赛,我发挥失常,若不是因为评审团几位评委对我上一场比赛的表现记忆犹新,决定再给我一次机会,我差点儿就无缘决赛了。

七

　　夫锦是个很好很温柔的男孩子,一向是我们家的常客,那些流云从不出现的节日,夫锦总是应约而至,带着精心准备的礼物,还有抱愧的表情,好像流云摆谱不来都是他的错,必须由他来补偿。

　　他长我五岁。我还小的时候,他每次来我们家,都会耐心陪我玩,听我说话,以无比珍宠的态度,后来我明白,他不过是用对待流云的态度待我。长大后,我逐渐懂得夫锦的好,发现他的俊美,我知道他是那种极罕见的男孩,就像黄金之于沙砾、月亮之于星辰,万众挑一的那一种,做他身边的女孩,不管是以哪种身份,都会无比幸福。

　　所以某天登山,我才故意将脚伸进地石块的间隙,崴伤自己的脚

踝。那天，夫锦不得不背我下山。我静静地伏在他背后，他的发梢时不时会撩到我的脸颊，味道极其好闻，像雨后的树木。我曾经想象，如果有一天我可以当面对夫锦说我喜欢他时，会用怎样华丽婉转的措辞，但结果我只贴在他耳边，轻轻说一句："我喜欢你。"

夫锦的脚步停了停。我们已经走了很久，日头向晚，霞光满天，连风都变得柔软。

"嗯，真好。我也喜欢你。"温柔的他，轻轻地回答我。

八

美好纯净的夫锦，怎么可能怀抱那样险恶的用心接近我？以爱情为筹码毁掉我，成全他妹妹？不！绝不可能！

"你骗我的！"忐忑了几天之后，我找到流云。

"你现在才发现？会不会太晚了一点儿？"流云说完，得意地轻笑，"其实你完全可以不信我，如果你对你自己稍稍有那么一点儿自信心。说真的，像你这样缺乏自信，又迟钝愚蠢的家伙，就算让你进了伦敦皇家舞蹈学院，应该也会成为他们校史上的一大耻辱吧？"

"你……你卑鄙！"

本来已经准备走开的流云站定脚步，侧脸看我："我卑鄙？"她狐媚般眯起的双眼里全是嘲弄，"我们，彼此彼此吧！"

诚然，那天若不是我先和她玩心理战术，她便不会回敬我这个谎言。我们相识十二年，除了拼命练舞之外，满脑袋转着的都是如何打败对方的念头，为此，不管我，还是她，都是无所不用其极。

九

随着决赛的临近,我开始全力备战,甚至连夫锦的约会我也全部推掉。现在促使我奋力向前的,不再是获胜的荣耀,而是击败流云的快感。

可是,流云出事了,她出了车祸。林颐在流云回家的路上拦住她,流云根本没有提防,结果林颐忽然把流云从人行道推到了车道上,一辆轿车闪躲不及,撞上了流云。知道了这个消息,我先是觉得无比快慰,但很快一股淡淡的失落从心底涌起。

妈妈火速赶往了医院,我从未见过她那么失态,一把撞开病房的门,直直扑到流云的身上去:"还好吗?还好吗?"她的语调里甚至有点儿颤抖。

流云用没有打石膏的手臂用力推开我妈:"走开啦,讨厌!"

我本来看到躺在病床上的流云脆弱可怜的样子而动了恻隐之心,此时忍无可忍地冲过去,一巴掌甩在她脸上:"你什么态度?她说什么都是你的老师!"我妈拉开我,然后用力打了我一个耳光。

十

流云还算运气好,仅是手臂骨折和肩骨轻微错位,经过治疗和复健,不会影响她日后跳舞。但她错过了决赛,而我毫无悬念地获胜,拿到入学资格。

我和妈妈已经冷战了很久,我拿着奖杯回家的那晚,心情大好,决定和她和解。毕竟等我去了伦敦,和她便要天各一方,那个巴掌我

就打落牙齿和血吞吧。

"妈妈，我赢了！"当我把奖杯举高给她看，满心以为她会和我一样欢欣鼓舞。她漠然看了我一眼，然后说："你放弃吧。"

什么？

"你放弃入学资格，流云就可以以候选人的资格重赛，到了那时，她的伤也应该好了。"

什么？什么？我觉得手脚冰凉，心中像压了一块巨石，比手中的奖杯还要沉重。

"为什么？"我以轻微到几乎听不见的声音问，我连发怒的力气都没有了。

"因为……因为流云比你更优秀！如果她没受伤，你根本不可能赢！"这是我这辈子听过的最残忍的一句话。

十一

我疯狂地跑出家，独自在街上乱走，大脑一片空白，我只知道机械地迈步，当我终于恢复一些意识时，我发现自己已经走到了医院门口，并且脸颊上一片冰凉的潮湿，我竟哭成了这副德行！

用力抹了抹脸，我来到流云的病房，她熟睡着，我便旁若无人地自语起来："你知道吗？流云，虽然一直以来我都视你为劲敌，但我从来没觉得我不如你，但今天我开始怀疑，我也许真的不如你！因为连我妈都认为你比我强！

"她说，如果你也参赛了，我就绝不可能赢！

"她还要我把这个奖让给你！"

流云慢慢地睁开了眼睛,在昏暗的室内,她的眼神显得格外明亮,我以为我在其中看到了觊觎。

我冲过去,把奖杯抵在她的额头上,然后疯狂地大喊:"好!我让给你!让给你!你要吗?你要吗?"

冰凉的泪顺着奖杯滴在了流云的脸上。"不!我不要!"她的脸上露出因为骄傲受到损伤的愤怒,"我不需要你让给我任何东西!"

我终于意识到自己的举动有多疯狂、多荒唐,慢慢将手缩回。

"轻灵!"流云忽然叫住我,她欲言又止,我不知道她又在酝酿什么恶毒的话,结果她说,"我真的不知道你妈妈为什么要这样对你、对我,不过——对不起。"

这是我认识流云这么多年以来,她对我说过的最温良的一句话。

十二

我回到家时,妈妈正在打电话,一见到我立即放下话筒,显然我离开后,她一直在打电话向人追问我的行踪。

"你跑去哪里了?"

"我不会让!"

我直视妈妈的眼睛,表达自己的决心。这是我正大光明赢回来的奖,我不会让,说什么都不会!

"轻灵,你听完妈妈要说的话,再做决定好吗?"

好!我就看看她可以残忍到什么地步,还准备了多伤人的话。但是妈妈一开口就提起一个我并不熟悉的人名。

"流云的妈妈叫扶依,我和她并不是好朋友,相反,当年我和她

的关系就像今日你同流云。不同的是,我和她并不是势均力敌,只要有扶依的存在,我就永远只能当第二。"

我听呆了:"那你为什么还要对流云这么好?"

"流云的妈妈是因为车祸而去世的,而我,"妈妈说到这里停顿了好久,然后艰难地吐出最后几个字,"我就是那个开车的人。"

我已经完全说不出话来。

"是的,我并不是故意的,所以最后扶依的家人才同意庭外和解。"

"但是,说到底你还是十分愧疚,所以才会对流云这么好?"我小心地追问。

"不。"妈妈的语调越来越伤感,"并不仅仅是这样。每次我看见流云就觉得好像又看见了扶依,我便不由自主地要对她好,简直恨不得把我所能给予的一切爱与关怀都给她。"

我听不懂。

"我曾经也不懂。我以为我和扶依是命定的对手,我们是在互相对峙中长大的,各自在对方的生命中占据着极大的位置,甚至互相影响着对方的心灵,扶依去世后,我无法控制地陷入巨大的悲痛之中,那时我才明白,如果说扶依是我这一生最大的敌人,那么她也是我最要好的朋友。"

莫名地,我想起流云说的那句"对不起",我本恨她入骨,但那一句话就令我产生一种想要去拥抱她的冲动。

"轻灵,"妈妈走过来轻轻扶住我的脸颊,"流云真的很可怜,而你还有我,所以,就当妈妈求你,你就让她一次,好吗?"

那一刻,我思绪纷杂,妈妈从未用这样低微的态度求过我,而我一向是如此爱她。

"好"字滚到了舌边，差一点点儿就脱口而出。"不！不好！你犯的错误，你的遗憾为什么要我来替你补偿？流云的前途重要，我的就不吗？我能走到今天这一步，也是下过苦功，牺牲了无数，这一切妈妈都是点点滴滴看在眼里的呀，难道这些都不算什么？你怎么可以这样自私！"

"轻灵，我……"妈妈无言以对。

就在这时夫锦匆匆赶来，看到我安然无恙，露出如释重负的表情。我擦了擦不知什么时候又滚落的泪水，向夫锦说："我可以去你那里么？"

十三

因为流云还在医院，我便在夫锦家暂住了下来。夫锦让我睡在流云的房间。推开房门那一刻，我着实吓了一跳：这是一个素净到极点的房间，除了一床一椅，就是一个简易的梳妆台，连床单都是素色的。

留意到我错愕的表情，夫锦苦涩一笑："流云说，她不要任何会让她分心的东西。"

曾经，我以为我为了舞蹈已经做出了足够的牺牲，但流云竟能让她的生命完全被舞蹈占据。我记起几年前曾有专业的医师团队为舞团的学员做过全面的身体评估，我的排名是第一，虽然我也是骨骼纤细，却有无比强韧的足踝，这对芭蕾舞者而言，是天大的优势。换言之，有些高难度的动作，我做起来不会感到任何身体上的不适，但一般人却会感到痛苦。那次排名，流云只是中等。我曾为此扬扬得意过，现在我才明白，为了达到和我同等的水平，流云需要付出双倍甚

至更多的努力。我感觉到心底某个地方,蓦然抽动了一下。

接下来的日子,我一边休整,一边着手准备去伦敦留学的事情。本来,这应该是让我无比振奋的一件事,却因为妈妈的态度而完全变了味。有时我也会想到,如果真的去了伦敦,和夫锦隔着千里万里的距离,我们的感情还能顺利地发展下去吗?

这纷杂的念头令我莫名的沮丧。我的意兴阑珊引起了夫锦的关切,有一天,他终于问我:"轻灵,你确定你真的这么想去伦敦,胜过一切事情?"

我有点儿心痛地望着夫锦,怎么?他也要来游说我为了流云放弃这个机会?"我不去?让流云去,对吗?"我的言辞不知不觉锋利起来。

夫锦轻轻地摇头:"不,我希望你们两个都不要去。"他的回答出乎我的意料。"但是面对这样的机会,我知道我说什么都阻止不了流云,而你,我想试一试。"

为什么?是因为对他而言,流云更亲近吗?而我则可有可无。为什么我会被我身边每一个我所深爱的人忽略?而他们忽略我都是因为流云。泪水已经开始在我眼眶里打转。

"你想错了。"夫锦像是读懂了我的心思,伸手轻轻擦拭我的眼角,"流云从小就和妈妈很亲近,而我则不,妈妈差不多把所有的注意力都放在流云身上,想把她培养成另外一个自己,那种亲密的牵绊,令我有时不得不怀疑,妈妈其实和流云分享了同一个灵魂,或者说她把自己的灵魂灌注在了流云的身上。妈妈去世后,流云受到的打击极大,那之后她就开始以比过去努力很多很多倍的态度学舞,她放弃了一切同龄女孩都能享受到的快乐,只是跳舞,永远在跳舞,你知道小小的她为什么可以那样执着?因为妈妈在世的时候曾不止一次对她说过，舞蹈是无比神圣的，是人与神沟通的方式，妈妈在流云心目中就是神，就算死掉了，也只是回到天上去了，所以她拼命地跳、拼命地跳，她以为只要她跳得足够好，她就有机会再见到妈妈。"

"你不知道，看到流云这样，我有多心痛。她已经走火入魔，我救不了她的，可是你，轻灵，我还是想要试试看。"

"所以你和我在一起是因为你拯救不了你妹妹，就转而来拯救我试试看？"说真的，这样的解释依然令我觉得难过。

"刚开始真的是这样的。"夫锦说着笑起来，眼睛弯弯，极明净和愉悦的样子，"就像你最初接近我也是因为只要流云有的，你就想抢到手。"

我忽然明白，像夫锦这样心思通彻的男孩，什么都瞒不过他的眼睛，只是大部分时间他都温柔地选择不说。

"可是，后来我真正喜欢上了你，很喜欢很喜欢，你也是一样呀。过程永远不重要，结果才是。你妈妈已经告诉我你们为了什么而争执，我也认为她在这件事上的态度是有偏差，你大可以选择不做一个愚孝的女儿，但是你真的舍得让她因为没有赎罪的机会，而一直沉浸在愧疚痛苦的情绪中无法自拔？"

"就算日后你成为世界上最顶尖的芭蕾舞者，你能保证你不会后悔，不会怅然若失？"

我没有办法回答夫锦的问题，因为我真的不知道。

我想象过有一天我会赢得整个世界的掌声，但我没想象过当整个世界都夸赞我而唯独妈妈一言不发，我会是一种怎样的心情。

"如果我还是坚持要去，你会怎么样？会不会不再爱我？"我问夫锦。

"不会。我会想尽办法也去伦敦。我不要因为距离的缘故而失去你。"夫锦不假思索,很坚定地回答。

那一瞬间,我有了决定:"嗯,好吧,我可以不去伦敦,但我不要是因为流云,所以你必须再请求我一次!"我一边说,一边因为压抑不了心中雀跃到极点的情绪而咧开了嘴。

"不要去嘛,不要去嘛,你去了人家怎么办呢?"夫锦轻轻一笑,很配合地做出撒娇的姿态来。

尾声

流云离开的那天,我和夫锦一起去机场给她送行。本来我并不准备和流云说什么,但她投向我的感激愧疚甚至心虚的眼神令我不由自主地上前,贴在她耳边轻声说:"流云,我这么做,是因为我真心诚意想要成全你,也许你不相信,连我自己都不太相信,我其实根本不讨厌你。我喜欢你。"

流云露出惊讶到极点的表情,当我准备退开时,她忽然抓住了我的手臂,紧紧地拥抱了我。我感觉到肩头慢慢地变得潮湿,真难想象冰雪女王流云也会流泪。我递给她一张面纸让她擤擤鼻子,免得到了皇家舞蹈学院成为史上最衰的新生,流云一边哭一边又笑地离开了。

只是,流云,没有我的伦敦,你是否会感觉到寂寞呢?

萌小孩

孙桑桑很喜欢和丁笃笃玩笑,从五岁时见到他的那一眼开始。

那时笃笃怀里抱着一只流浪狗。狗狗很脏,他也很脏,可是看上去脏兮兮的小男孩却有一双最大最圆最亮的眼睛。后来桑桑每次吃巨峰葡萄都会忍不住对笃笃说:"我感觉自己正在吃你的眼睛。哈哈。"

桑桑是个有暴力倾向的腹黑女,当然她只有在面对笃笃的时候才会诚实地承认这一点。就像有人会对树洞讲真话,有人会对宠物倾诉衷肠。

笃笃呢,他有点儿傻。"老师,这个成语是错的,一贫如洗。"

刚从师范学校毕业的年轻老师非常有耐心,笑眯眯地问笃笃:"你为什么这么觉得呢?"

"你说这个成语的意思是贫穷得像洗过一样,可是洗过肯定很干净呀,但贫穷的人会很干净吗?流浪汉很干净吗?两百块一个月的出租屋很干净吗?不是,都很脏的,老师。"笃笃用脆脆的童音十分诚恳地说出自己的意见。

年轻老师的目光由惊诧转为怜悯再转为不耐烦,就像看着一个正不停发出噪音的白痴一样,有点儿可怜他,又忍不住嫌他烦。

虽然一心维护笃笃的桑桑很讨厌别人拿笃笃当白痴看待,可她也不得不承认,笃笃这个问题实在问得笨死了,直到她上了大学,一次在选修课上听老师激情洋溢地说到马蒂斯,那时桑桑才知道,一个人能坚持用自己的目光看待这个世界而不是人云亦云有多么难得,这需要天才艺术家才能有的洞察力,这更需要勇气。

萌小孩

二

　　丁笃笃的姐姐很二百五，她叫丁响响，比笃笃大很多。桑桑第一次见她时，她已然一副长头发大姐姐的模样。她带着笃笃住在靠近垃圾站的两百块一个月的出租屋，从来看不见他们的父母出现，很快就有街坊大妈猜测丁笃笃根本就是丁响响的儿子。

　　桑桑知道绝对不是这样。因为她经常去找笃笃，见过他们一家四口的全家福。封塑的十寸彩色照片，有时二百五丁响响会把它翻过来当隔热垫。

　　丁家有一口永远都不必洗的砂锅，丁响响兴致来时会去菜市场买些别人拣剩下的蔬菜、快坏掉的猪肉什么的，然后就丢进砂锅煮，留点儿尾汤从来不倒掉，下次买了东西回来继续丢进去煮。这种千沸万滚的汤其实是对身体有害的，小时候桑桑不懂，只觉得无比的鲜美。笃笃就是喝这种懒人汤长大的，最后竟也能长到一米八五，不能不说是奇迹。

　　丁响响完全不工作，也不谈恋爱，她所有的时间都用来睡觉、发呆，买点儿菜，潦潦草草地喂饱弟弟。最后连桑桑都看出来了，丁响响是个神经病，不过她疯得很文静，不会伤害别人，也不会伤害自己。

　　有时丁响响兴致来了，还给桑桑和笃笃讲故事。她说，森林里有只戴红帽子的狼，最后给一个小姑娘开膛破肚吃掉了；一个皮肤雪白的公主用一只红苹果毒死了她的后妈；还有一个公主变成了青蛙跳到王子的餐桌上吃饭，结果最后在汤碗里淹死了。

　　桑桑和笃笃都听得津津有味，后来识字了，桑桑自己看了童话书，才知道丁响响那个疯婆娘悄悄地把所有经典的情节都篡改了。桑

桑又聪明又机灵,很快认清了事实真相,可怜了笃笃这个天生脑袋就不怎么清醒的,直到现在他依然认定小红帽是一头戴着红帽子的狼。

"笃笃,你记住,一贫如洗的意思就是贫穷得像被人洗劫了一样。"十岁的桑桑不忍心看笃笃被这个问题纠结得都要用脑袋撞墙了。

"洗劫是什么意思?"

"就是被人抢得干干净净好像被水冲洗过一样。"

"可是被人抢了怎么会很干净?要么被吓得哭鼻子,要么被打得鲜血淋漓的。"笃笃继续问道。

桑桑咬紧了嘴唇,忽然很想去死。

三

丁笃笃家租的房子是一溜平房的最后一间。平房挨着垃圾站,垃圾站挨着玻璃厂,玻璃厂过去一些是一间破破烂烂的画室,有人在这里开班授课,专门教小孩子画画。因为场地寒碜,所以收费很便宜,一节课才八块钱。但就这八块钱笃笃也付不起,于是就眼巴巴地站在窗外偷偷。桑桑很豪放地甩下五百块钱给笃笃:"算算够你上多少节课?"那是桑桑那年全部的压岁钱。

桑桑的爸妈是卖眼镜的,最初租了个小门面,从眼镜批发市场批发来一堆廉价眼镜,然后改头换面加上漂亮的镜盒、镜布,接着以高于进价十倍甚至更多的价格卖出去。感谢全中国大部分儿童都在读书的过程中文质彬彬地架上了眼镜,包括那些超级不爱学习的,桑桑家的小门面很快做大,等到桑桑升上高中,家里已经开上第N家连锁店了。

笃笃仍和他姐姐住那间厕所都不带的破平房,租金由两百块跃升至两百五块。丁响响疯了这么多年，不知为何，丝毫不见老，仍是一头乌黑亮泽的长发，皮肤又白又嫩滑。笃笃呢，也许他们丁家真的是有美貌基因的，笃笃从一个有一双圆亮黑眼睛的萌小孩摇身一变，成了俊美的超级美少年。唯一不变的，是他的傻气。

桑桑呢，一路聪明，一路犀利，保持无可挑剔的好成绩，简直就像骑车时扶住自行车龙头那么简单。市立一中是最好的中学，桑桑升进去了。笃笃竟然也进去了，以体育生的身份。笃笃擅长的事情不多，数来数去，不过就是画画和游泳。

十五岁的笃笃已经很高了，同时在游泳池里泡久了，皮肤白得不行，就像白色的大理石那样。刚刚成形的肌肉和身体线条都有着说不出的动人，罗丹要是看见了这个样子的笃笃，一定会像恐怖蜡像馆里的那个杀人狂魔一样直接灭了笃笃，把他做成雕塑拿去博物馆展出。

还未到开学时间，桑桑闲着无聊就去游泳馆看笃笃训练，她坐在橘色的塑料长椅上看着笃笃跃入水中又跃出，泳池边聚着另外一群女生，叽叽喳喳在说笑，桑桑忽然很恼火。

"笃笃，以后女孩子一定会前仆后继地追你。"训练一结束，桑桑就迫不及待地捏住笃笃的手臂说。

刚从更衣室出来头发仍湿漉漉的笃笃露出困惑的表情："为什么？"因为高富帅里他不费吹灰之力就占了两样，现在有钱女孩这么多，比如她孙桑桑，她们都很有气魄倒追帅哥好吗？

"因为看上去很好吃。"桑桑盯着笃笃那双黑葡萄般可爱的眼睛，在笃笃面前口无遮拦惯了的她继续说，"以后不管谁对你说喜欢你，你一定要第一时间告诉我。如果给你情书什么的，你也要当作呈堂证供立即上交！知道吗？"

笃笃还没来得及回答，一道轻蔑的笑声从他们两人背后响起："他是你养的狗呀？孙桑桑。"走在后面的男生很霸道地拨开笃笃和桑桑，从他们之间走过去。

桑桑呆住了，不仅仅因为这个家伙如此嚣张的态度，还有，他怎么知道她的名字的？他们完全不认识好吗？

四

根据FBI（美国联邦调查局）辨认嫌疑犯的规则，如果一个人看起来像鸭子、走路像鸭子、说话也像鸭子，那么它无疑就是只鸭子。同理，一个看起来很嚣张，说话很嚣张，举止也很嚣张的家伙，无疑一定就是个超级嚣张的人。

叶茨就是这种人。当他得知自己不是市一中新生第一名时，他怒不可遏了，吐出一句极端粗鲁、土匪流氓才会说的话："那个臭娘们竟然骑到我头上去了！"那个臭娘们就是孙桑桑。

偶然遇到之前，叶茨已经在网络上恶狠狠地搜索过孙桑桑，他现在基本可以把孙桑桑的人生履历倒背如流了，网上也有桑桑的照片，证件照、大头照、艺术照，叶茨打印了其中最漂亮的一张，然后贴在门后天天往上面甩飞镖。

开学后桑桑很自然知道了那个直呼她大名的男生就是叶茨，同时也知道了他显赫的家世：某某人的儿子，某某人的孙子。回家和父亲无意间提到，他马上说，那你要和他搞好关系呀。

情感上，桑桑当然是相当不屑；但理智上，从未真正接触过社会的桑桑已懂得人脉这种看不见摸不着无形无迹的东西，有着无与伦比的力量。所以后来当叶茨问桑桑:"为什么你和那个丁笃笃看上去总是那么暧昧?"桑桑没有回"关你屁事",只是扯起嘴唇笑了笑。

三

天气渐渐冷了,笃笃住的那个冬冷夏热的破出租房已经充满湿寒的空气。周末晚上,桑桑踩着枯黄的叶子去找笃笃。丁响响不知道去干什么了,笃笃一个人坐在折叠钢丝小床的床沿上,抱着一个白面馒头津津有味地啃着。一小口一小口,吃得又专注又开心。

至于吗,馒头而已!桑桑走过去在笃笃后脑勺拍了一下,然后又用这只手把笃笃拽出了门,来到街边的小卤菜店。这种小店,桑桑小时候是很喜欢光顾的,但自从她升格为富二代之后,马上敬而远之。

半只桂花盐水鸭,十六元,桑桑又恶毒地想捉弄笃笃,不叫老板切开,整块递给笃笃。

笃笃就是笃笃,捧着半只鸭子,一点儿没手足无措,埋头像啃馒头似的啃下去,一小口一小口,仍旧是吃得又专注又开心。

桑桑的眼泪忽然掉出来,妈妈说得根本不对,什么男人一有钱就变坏,没一个例外。笃笃肯定是例外,傻笃笃一定是的。今天桑桑妈委婉地向桑桑说出她已经决定和桑桑爸离婚,因为他在外边有了别的女人,这口窝囊气她是说什么都不能再忍了。父母的决裂对任何一个孩子来说都是天大的打击,哪怕桑桑这样又能干又狡黠,看上去特别坚强的。

笃笃终于发现了桑桑在大滴大滴地落泪,他迟疑了一下,把啃得不成样子的鸭骨架递给桑桑,同时露出愧疚的表情:"我不知道你也想吃的。"

"笨蛋啦！"桑桑劈手将鸭骨架打在地上，同时又忍不住笑了起来，还很丢人地喷出了一个鼻涕泡泡。"丁笃笃，你说——"桑桑胡乱抹了一把脸，拿出泼妇的架势大声道，"你会不会永远陪在我身边，只关心我一个人，永远永远，一万年，一亿年，直到我们都死去，直到我们的骷髅头上都爬满蛆虫？"

笃笃不知道该把油汪汪的手放在哪里，只好举在胸前，就像一个胆怯的投降的姿势。"桑桑呀，过一亿年，哪里还有骷髅头，都成煤炭了，搞不好都结晶成钻石了。"笃笃认真地纠正。

桑桑气得把笃笃的油手用力按在他自己的衣服上，她一点儿没觉得这有什么不对。也许在她五岁那年刚刚认识笃笃时，她就已经认定了自己这辈子唯一可以无理取闹的男孩一定是他，丁笃笃。

那天晚上桑桑做了一个梦，她和笃笃在一个种满了九重樱的小山坡上，春风一阵阵轻柔地吹过，落下的花瓣在地上积成厚厚的一层，几乎没过他们的脚踝，他们接了一个香喷喷到不行的吻。梦里那个笃笃看上去少年老成，一点儿都不傻，他用沉稳的语调对桑桑说："桑桑，你有我，你还有我。"桑桑几乎完全忘记了她即将面临家庭破裂的惨痛，醒来时她嘴边甚至带着小小的微笑。

"笃笃，昨晚你做梦了没？"第二天，桑桑找到机会装作不经意地这样问笃笃。

"有呀，我梦见我的长颈鹿长出了翅膀，我还骑了上去，我们一起在非洲大草原上飞，真的。"

桑桑忽然很想去死。笃笃有个长颈鹿玩偶，旧到不行，脏到不行，脖子还断了，但他极度宝贝，至今依旧在他的床上占据着一席之地。

是的，这个看起来高大英俊的十五岁少年，他仍旧和他的塞着PP

棉的布玩偶一起睡觉。彼得潘综合征如果想找代言人的话,直接来找丁笃笃就好了。

六

桑桑本来还抱着一线希望,以为爸爸会抱着妈妈的大腿恳求她再给他一次机会,结果却恰恰相反,爸爸毫不迟疑地答应了离婚,还说反正他在外边的那个女人早给他生了儿子,是时候认祖归宗了。

最初桑桑妈是和她爸一起打拼的,但这两年她渐渐就不管生意上的事情了,做起了富太太。经过桑桑爸的一系列小动作,最后桑桑和她妈妈发现除了写在妈妈名下的这栋房子,她们母女可能什么钱都分不到。

桑桑很想拎起大玻璃烟灰缸朝父亲头上砸去。她想跳起来破口大骂,骂他不是男人,甚至骂他不是人,哪有人会这样算计自己的老婆孩子,畜生都干不出这种事。桑桑怒视着脸上一点儿愧疚之情都没有的父亲,眼泪忽然滚了下来。

"爸爸,我也是你的孩子呀。"桑桑用乞怜的微弱的声音喊出来,桑桑爸爸脸上的神情终于软化了:"当然,当然,爸爸说什么都不会不管你的。"

桑桑要的就是这一句。她知道她赢了。不管怎样她还是为她和妈妈挽回了一些物质上的损失。想到还要和自己的亲生父亲斗心计,桑桑觉得好难过,书上说人会在一夜之间长大,桑桑却觉得她是在一瞬间长大的。

"孙桑桑,你其实长得很漂亮。"叶茨说。

"哦,是吗?那又怎么样?"桑桑答。

那天是冬季的第一场雪,小小的雪花像不成形的盐粒,松枝上积

了一层薄薄的棉絮似的白,笃笃发现桑桑午餐的时候竟然没有跑来喊他一起去吃饭,她和叶茨一起走开了。

笃笃把练习本翻到新的一页,拿出铅笔随意勾勒起窗外的雪景。细小的雪花,慢慢变湿的人行道,阴沉沉的天空,水滴样的东西忽然溅落在纸上,明晰的线条立即模糊起来。

桑桑要求笃笃把别的女生写给他的信上交给自己,但笃笃从没这么做过,毕竟牵涉到别人的隐私,不可以的。每次桑桑逼问,笃笃都说:"没有呀,没有的。"这是笃笃第一次对桑桑说谎。

"笃笃,你说叶茨这人其实挺不错的吧?你说我和他走得近一些其实挺好的吧?"桑桑这么问的时候,笃笃点点头。桑桑深深地看了笃笃一眼:他的梦里没有自己,却会梦见长颈鹿。她问他和另外一个男孩做朋友好不好,他竟然没有异议,那么,她就可以放一百二十个心啦。

七

现实是很残酷的,人生之路是很崎岖的,想活得比别人好,需要绞尽脑汁手段百出,在没有经过家变之前,桑桑已经懂得这些道理。

丁笃笃不懂,丁响响更不懂,虽然丁响响除了会说一位名叫白雪的公主杀了她的后妈这种篡改的童话,她还会不时背诵几句沙翁名言,且是字正腔圆的英文,她会在试过室内游泳池的水温后忽然说出"温暖如眼泪"这种诗情画意的句子,垃圾收购站经常会有一堆一堆运送来的旧书,如果有人要,就论斤卖,丁响响就去买上几斤,然后猴子似的,抱着双膝蹲在角落呼啦呼啦一气看完。

桑桑渐渐看出丁家这对姐弟和一般可怜的穷人不同,比如,成绩总是不算好的丁笃笃其实并不是胸无点墨。不,他绝对比桑桑这种考场上的百胜将军还要有文化。

他知道李白和王维是同一年出生的。

他知道贝多芬是个聋子,爱迪生也是个聋子。

他能准确而详尽地解释什么是混沌理论,而不是人云亦云地说就是蝴蝶效应嘛,蝴蝶在墨西哥湾扇下翅膀,东京就下雨了。

只是笃笃不擅长应付考试,而桑桑在应试教育中如鱼得水。

桑桑曾对父亲面对位高权重者奴颜婢膝,对自己手下的员工则打压盘剥、态度傲慢的双面性非常的不以为然,但是她知道,骨子里其实自己也是这样的人。她天生就是掠夺者、投机者。倘若生在古罗马,她会用尽全力当斗士;在黑暗的中世纪她会想办法当僧侣,接近宗教神权;如果把她搁宋代,她说什么都要当大学士,混进翰林院日子马上就会好过起来的。而在现代,桑桑想要富有,最好还要再有点儿特权。

丁笃笃,这个和主流社会格格不入的家伙,他和她真的是道不同不相为谋。两小无猜青梅竹马,多么美好,可惜,他们不能永远活在那个纯真的年代。

八

叶茨也不知道自己怎么会真的在意孙桑桑,就好像一个过去一闻到榴梿味就想吐的人忽然爱上了这种奇异的水果,觉得世界上任何一种水果都不会比它更加美味。

当然,这个比方是绝对不可以讲给孙桑桑听的,不然搞不好哪天她会直接在他书包里塞个榴梿,扎得他满手血洞。叶茨知道,孙桑桑

是绝对做得出来的。

虽然此女在学校里总是一副标准的优等生的样子，对老师不卑不亢，对同学该客气就客气，该谦和就谦和，上课时腰板笔挺，显得非常专心致志。但是暑期在游泳馆见识过孙桑桑对丁笃笃那副颐指气使的骄横模样后，叶茨知道，孙桑桑在学校里那些样子都是装的，就像传说中那些双面学生，在老师长辈面前好得不得了乖巧得不得了，私底下却坏得一塌糊涂。前段时间网络上不是还讨伐名校里的高才生，说像他们那样的优等生其实就是当今社会堕落腐化的根源。当然，叶茨认为优等生里大多数孩子还是都像自己这样品学兼优的，只有孙桑桑这种口是心非玩心计的家伙才是真正应该被讨伐的对象。

总之，叶茨对孙桑桑是讨厌，讨厌，还是讨厌。直到体育课玩球的时候磕破膝盖，叶茨抱膝坐在地上，孙桑桑忽然走过来。

"给。"印着HELLO KITTY（凯蒂猫）图案的创可贴。

"今天穿的新鞋子，怕磨脚，带着备用的。"孙桑桑说。

叶茨一看，果然，孙桑桑穿了一双新的粉白粉蓝相间的球鞋。

"那……谢谢了。"

叶茨贴创可贴的时候，孙桑桑一直蹲在旁边，下巴垫在她的膝盖上，目不转睛地看着，就好像一只刚睡醒的小猫懒洋洋地打量着什么。

叶茨把创可贴贴歪了，不得不撕下重贴。之前，叶茨从未觉得孙桑桑有多漂亮，他能在一分钟内报出三十个比孙桑桑更漂亮的女孩子的名字。但，文艺青年会一本正经地告诉你，漂亮和美是两码事。埃及艳后的雕像看过不，她漂亮不，真心不漂亮，可还不一样颠倒众生？

漂亮是一目了然的悦目，美却是能揪住人的心弦的。学校里的桂花在一夜之间全部开放，甜润的香气缭绕着整个校园，广播站广播，禁止摘花。孙桑桑才不理，偷偷跑到教学楼后边的老桂花树下，踮起脚伸长手臂，向开在枝头的黄色小花猛下毒手。T恤一短，露出白白一截小腰。坐在窗边的叶茨一转眼看到的就是这一幕。明明是静坐不动，心脏却像剧烈运动后那样狂跳起来。

他确实很在意孙桑桑，不必再自欺欺人了。想他叶茨从小到大什么都是最好的，智力、外表、家世，他在意的女孩当然也要是最好的。叶茨忽然想不出，还会有什么女孩比孙桑桑更好。虽然她爱装样，就像变色龙会变色那样。可是，这种种不同的面目，在叶茨看来，就如同钻石的切面，汇聚在一起就会光芒万丈。

那天孙桑桑忽然拉着他，小跑到一辆刚刚停稳的轿车跟前。

"爸爸。"桑桑笑眯眯地向车里的中年人说，叶茨当时就觉得不对，他们这样的中学男女生在大街上走在一起，是会招来闲言闲语的，桑桑这么机灵，她没理由不知道，却故意拉着他的手到她父亲面前去献宝？

叶茨看清车内副驾驶的座位上还坐着一个女人，超级年轻，绝对不可能是桑桑的母亲。

"他是我和你提过的朋友，姓叶的同学。"桑桑指指叶茨。

叶茨看到桑桑父亲的脸上露出自己很熟悉的神色，叶茨从小就见惯了到他们家来的陌生客人脸上讨好巴结的神态，如果到了这一刻他还不明白孙桑桑是在利用他，那他就太蠢了。叶茨终于明白一贯和丁笃笃很要好的桑桑怎么忽然就和他走得这样近了。

"我爸和我妈离婚了，简直就像拿扫把垃圾一样把我妈妈扫地出门，被扫出来的，也包括我。你知道，那老家伙一直对你的姓氏刮目相看，所以我认为这么做可以气气他，或者让他忌惮一点儿。"

桑桑解释着，但口气并不是乞怜的，而是怒气冲冲的，两簇小小的

火苗在她眼底跳跃,她犀利地盯着叶茨,蓄势待发,像是等着他向她质问她竟然胆敢耍他玩,只要他敢开口问,她就会毫不迟疑地亮起她一直藏起的爪子。

明明做错事的人是她,她却还能这么理直气壮,真是……一向嚣张暴躁的叶茨忽然笑了:"是吗?那你觉得效果如何?"

桑桑呆了呆。她发愣的时候,叶茨勾了勾她的鼻尖。桑桑本能地向后避让了一下。叶茨呢,当然打死他都不会承认他是因为太紧张了,本来想抚一下她的头发,结果刮到了她的鼻子。桑桑实在理解不了他的用意,伸手碰了一下自己的鼻尖,抿起嘴傻乎乎地一笑。

不远处站在等待过街的人群之中的高个子男孩目不转睛地看着眼前上演的一幕,他没法不承认眼前这个画面很美,神态亲昵的少男少女,比正在春风中摇摆的新绽的花朵都还要明媚。笃笃回到家后不知不觉在纸上画下了这个画面,只是男孩的脸他画得很模糊,最后干脆拿炭笔将那张脸一笔一笔完全涂黑了。这可能是笃笃这辈子最暴力的行为了。

九

接下来的日子对桑桑而言可以用几个事件来界定。

父母终于离婚。

笃笃戴上了一顶鸭舌帽,死都不肯摘下来,灰色的,长长的帽檐,破旧,大约是丁响响从哪里捡来塞给弟弟的,总之很碍眼。一天上课的时候老师坚持要笃笃脱掉帽子,笃笃不干,老师怒了:"那你就给我滚出去。"

笃笃只好站起来,走出了教室。那么高大的一个少年,却像靶子一样周身被射满鄙夷的目光。桑桑在座位上越来越坐立不安，仍旧和小时候一样，虽然她明知道这是笃笃自己的言行偏差导致的后果，但她就是按捺不住，想站起来抓起什么东西用力朝那个凶巴巴的老师的脸上砸去。

叶茨的生日马上要到了，桑桑特意去手工糕点作坊泡了一个下午，做了一盒手工巧克力，准备送给他。这段日子和叶茨的相处意外的顺利，因为他在她面前一日比一日温顺，简直就像，桑桑想到一个超不美好的比喻，简直就像在热豆浆里越泡越软的老油条。

拎着巧克力向叶茨家去的时候，桑桑再一次路过老街。好些日子没去过丁家，那间和垃圾收购站毗邻的可以媲美垃圾的破出租房，桑桑竟然发现自己十分想念它。就像想念一个旧玩具。当然最想念的还是丁笃笃。

心里刚浮起他的名字，便看见他在街边，抱着速写本正在画着什么东西，头上仍旧戴着那顶可笑的鸭舌帽。

"笃笃！"桑桑喊。笃笃却像是什么都没听见，合起速写本扭头往另一个方向走去。桑桑这辈子没挨过人的耳光，但她想，挨一个超级重的耳光也不过如此吧？丁笃笃，她的青梅竹马，她的两小无猜，竟然装作不认识她。

"笃笃。"桑桑的声音变得很轻，像是只喊给自己听。她看着风刮起笃笃的帽子，而笃笃敏捷地伸手抓住了它，扣回自己的头上。

桑桑觉得自己的视线变得像正在承受暴雨的挡风玻璃。

到了叶茨家，他一看见她就笑："怎么像哭过？"

桑桑撇撇嘴："滚。"她一点儿讨好他的情绪都没有，即使她知道今天是叶菠的生日，他理所应当受到所有的优待。

叶茨并没有气恼，仍旧兴致很高地领着桑桑去自己的房间，说带

她好好参观参观。叶茨的卧房很大，也不知道为什么，一走进去桑桑的脑海里就自动浮现出笃笃住的小破出租房，真是大十倍都不止。

"这是我第二次进男生的'闺房'。"桑桑说。她说的是真的，从小到大，她对别的男孩子都没什么兴趣。

"是吗？这是不是第一次被撸毛？"叶茨开玩笑似的，忽然把手压在桑桑头上，抓住一缕头发揪了两下。

看上去态度洒脱的他只是故作镇定，孙桑桑软绒绒的头发缠绕在指间的感觉令他力气失去控制。

桑桑被这一下揪得头皮刺痛，莫名地，她想到了笃笃，猛地推开叶茨。这些日子来一直在违背本性忍气吞声的叶茨终于爆发了："孙桑桑！"

桑桑一点儿都不想安抚叶茨，就算她想，她也没有时间，因为她忽然想到一件事情，无比重要的，十万火急的事情。

"对不起，叶茨，对我而言，你真的并不那么特别。"桑桑说。在别人生日当天说这种话，桑桑发现自己真是个冷酷的家伙，她心里拥有的爱实在太少了，所以只能留给那些她真正喜爱的人。

十

丁响响被急促的敲门声惊醒，她打开门，看到桑桑一副火急火燎的样子，像是憋尿憋了很久马上就要撒在身上了似的。丁响响准备提醒桑桑他们家是没有抽水马桶的，出门左转很快就能走到公厕。桑桑推开她，离弦的箭一般奔到笃笃的床边，她像抱西瓜似的用力把笃笃的头抱进自己的怀里。

"我就知道，我就知道！"桑桑歇斯底里地喊起来。

十六岁的笃笃，帅气的笃笃，一贯"黑发如云"的笃笃，他的脑袋上像被人洒满了盐粒，怪不得他天天要戴顶滑稽的鸭舌帽，原来一夜白头这种事并不是小说电视里瞎编出来哄人玩的。

女疯子丁响响走过来，一本正经地望着死抱着她弟弟的头不放的桑桑说："喂，你是不是有病呀？"

那天晚上，丁响响以她博览群书的睿智向桑桑证明，因为伤心过度一夜白头这种事根本不可能发生，笃笃是少白头，他们的父亲也是十来岁就差不多满头白发了。丁响响说她是因为很幸运地继承了他们母亲的基因，所以到现在头发仍旧是黑油油的。

这是桑桑第一次听见丁家姐弟提起他们的父母。丁响响的话匣子打开了，不免越说越多，原来他们的父母都是大学教授，响响曾在音乐学院学钢琴，笃笃是在他们父母去国外做访问学者时出生的，笃笃快五岁的时候，他们的父母因为意外去世。

听呆的桑桑忽然意识到什么："等等，你爸妈不应该什么钱都没给你们留下呀。"

"有呀，赔偿金、保险什么的，他们也有积蓄，还有一套房子。"丁响响轻松地说，展现着一个女疯子才能有的豁达。

明明有钱却要住在这么破烂的地方，过着只比乞丐略微好一点儿的生活？笃笃从小就在受苦，甚至连买颜料买画笔的钱都没有。桑桑忽然很想拿个什么东西用力敲打丁响响的头：那些钱也有丁笃笃的一半好吗？丁响响要发疯用这种自甘贫贱的方式悼念父母那是她一个人的事，没理由拉着笃笃陪她一块儿发神经。桑桑撸衣袖，准备为笃笃据理力争。

"如果这样姐姐觉得开心，那就这样好了。"丁笃笃说。

桑桑瞠目结舌地看看丁笃笃,又看看丁响响,再看看丁笃笃,再看看丁响响,原来这世上还真有人能活得这么超脱,完全是为了一种信念,甚至可说是仅仅为了一种情绪而活着,看看丁家这对活宝姐弟,什么"一箪食一瓢饮,回也不改其乐""不为五斗米折腰"之类的事情忽然就变得十分容易理解。视金钱如粪土这种匪夷所思的人生观,绝对不是什么高贵的品性,它根本就是家族遗传性疾病。

十一

笃笃睡的是一张折叠钢丝床,很窄小。他一个人躺在上面,尚且岌岌可危,桑桑硬挤上去后,两人都随时有摔下去的危险。但是笃笃并没有矫情地提议说什么"不如我睡地上吧",他和桑桑已经分别好久,他想和她接近,哪怕是以这样的方式接近。

第二天,桑桑给妈妈打电话,解释说昨晚没回去是在笃笃家的。桑桑听得出妈妈口气里的急怒在听见"笃笃"的名字之后立即平息了。笃笃就是可以这么的让人放心。

那天上学前桑桑把笃笃的头发剃光了,与其戴着帽子欲盖弥彰,还不如干脆光头算了。一切又都像新的一样,桑桑安慰自己说,她也可以将自己为了赢得某种倚靠,就出卖自己的感情这种经历彻底抛在脑后。

十二

春光特别明媚的时候,桑桑和笃笃去公园放风筝玩儿。蓝天、树木、假山石,还有一个小沙坑,很多小孩子蹲在沙坑里用塑料铲子兴致勃勃地铲沙，桑桑看见了那个小家伙，两三岁的样子，走路还会晃。从生物学的角度来说，她和这个孩子有一半相同的血统。

桑桑和笃笃说她要去上厕所，把风筝塞给笃笃，然后悄悄地靠近沙坑，瞅准时机，一把将那个男娃娃推倒。小孩嫩嫩的脸完全栽在沙土里，哭喊的声音细不可闻。桑桑只觉得解气，她从来就不是什么高尚的人，必要的时候她甚至可以很卑劣。

"桑桑。"

桑桑转头看见了笃笃吃惊的表情。

笃笃丢掉手中的风筝，跑过去扶起小男娃，确认小家伙并没有受伤后，笃笃走到桑桑面前，一句责备的话都没有说，他只是建议："我们回去吧。"

其实叶茨曾试图赢回桑桑，他说："丁笃笃有什么好？游泳厉害又怎样？难道他能变成第二个孙杨吗？画画好，更是不值一提。凡·高活着时还卖不出画呢，他丁笃笃算什么？"

是的，叶茨说得一点儿没错，就算笃笃真有什么惊人的天赋，他也没有那样的野心。他极可能一辈子都无法获得世俗的成功，一辈子穷苦。但桑桑就是愿意和笃笃在一起，也许物质上她要照顾笃笃，就像小时候花光自己的压岁钱帮他交绘画班的学费，但是精神上，却是笃笃在扶持她、净化她。

古诗里怎么说的，愿得一心人，白首不相离。过去桑桑也不是很明白，但现在她想得很清楚，她想要有一颗和笃笃一模一样的心灵，凌驾于成功、财富、地位之类用金箔纸包裹得闪闪发光的东西之上，她最想要的就是这个。

老巷里的玉兰花开了，早晨清幽的空气里多出一份欣欣向荣之意。这一家人的生活是这么开始的。

妈妈最先起床，窗外太阳刚刚升起，月亮还没有完全沉下去，邻居家的小狗时不时发出一两声短短的叫声。妈妈去奶奶的房间，大力将躺在床上的奶奶打横抱起，放在轮椅上，然后推去院子。和奶奶睡一个屋的小孙女，睡得很沉，一点儿都没被吵到。

奶奶因为中风大半个身子都麻痹了，妈妈把她推进小小的院子里，让她看院外白白的玉兰花。奶奶大部分时间都不得不卧床，但很喜欢每天清晨的"放风"时间，看着看着，她就会发出"呃，噢，呵"这种含混不清的却代表着快乐的声音。

阳光一点点变得明媚，爸爸也起身了，他帮着妈妈一起替奶奶漱口、刷牙、擦洗，让老人干干净净、舒舒服服的。奶奶大约是感受到了早上阳光的热力暖暖地印在皮肤上，她更开心了，更大声地"呃，噢，呵"。

小孙女在这样的声音中缓缓醒来，这就是她的闹铃了。床上一条虫，床下一条龙，小孙女一起床就变得生龙活虎、精神抖擞，简单洗漱后连头发也不梳，抓起打鲜豆浆的双耳锅子，就冲出去给一家人买早餐了。

爸爸妈妈总是会望一望她风风火火的背影，然后相对一笑，而奶奶则将"呃，噢，呵"的音量再提高一些——这并不是富有的一家人，却十分快乐。

二

每天起床对荆楚来说都是一场战役，而且他永远打不赢。醒来的过程简直像一寸寸死去那么难受。十几岁就已经神经衰弱，长此下去，他恐怕会早夭吧？荆楚自怨自艾着，顶着两只熊猫眼走向学校。

在外人看来，荆楚家里是不折不扣的高知家庭；在荆楚看来，爷爷奶奶也好，外公外婆也好，爸爸妈妈也好，身上统统潜藏着神经衰弱的基因，最终在他身上集大成。

入睡难，睡不沉，借用《搏击俱乐部》的话就是："With insomnia, you're never really awake;but you're never really asleep."——不能真正入睡的人也不能真正地清醒。

不清醒的荆楚在上教学楼的楼梯的时候，不知为何一脚踏空，身体失去平衡，眼见就要滚下楼去。千钧一发之际，有人拦腰抱住了他。荆楚定定神，这才发现出手相救的竟然是个女生。

"你没事吧，荆楚？"

"没、没有。"荆楚努力回想这个女孩子的名字，他记得她坐在班上前面两排，扎了一条很粗很粗的马尾，"谢谢你，田禾。"终于想起来了。

田禾不确定荆楚是不是能自己站稳，所以没有马上撒开手。荆楚想说自己可以了，但话还没出口，屁先响了。是的，一个屁。失眠的人一般肠胃都不好，而田禾又恰巧勒住了荆楚的肚子。荆楚呼吸着周围迅速变臭的空气，欲哭无泪地想，明天他就申请转学！

田禾努力装作什么也没闻到的样子。当天放学回到家后，她想起

这件事仍觉得好笑,饭桌上就听她一个人叽叽喳喳,上了哪几门课,中午吃了什么。"班上有个好帅的男生上楼梯滑了一下,我拉住他,不知道为什么他忽然放了个屁,呵呵。"田禾的爸妈也都咧嘴大笑起来,但只有表情是笑的,并没有发出笑声。

三

荆楚其实就是个男版的林黛玉,除了像林黛玉一样病恹恹总是无精打采,他也像林姑娘一样有些小肚鸡肠。因为臭屁事件,他已经暗暗在心中将田禾放在了敌对的位置,因为坐在班级最后一排,他很轻易就能观察到田禾的一举一动。

田禾算是很循规蹈矩的学生,有板书时就抬头看黑板,没有就低头盯着教科书,不会和周围的同学交头接耳。课间休息的时候一定会离开教室,有时会帮同桌打水。人缘还算不错,每到放学都会有两三个女生来约她一起走。

但是不管是老师还是男生都不会特别关注她,因为田禾功课并不拔尖,长相也不出众。有人传说她家是住在别墅区的。也有一次放学的时候,校门口停了一辆豪车,是专门来接她放学的。

荆楚的大伯也住在那个富人区。而荆楚一向能坐着就不站着,能躺着就不坐着,懒得一塌糊涂,竟然开始每个周末都主动跑去大伯家,美其名曰要探望伯父,还主动帮忙遛大伯家的爱犬金毛。

一趟趟遛下来,荆楚从来没有碰到过据说也住在这里的田禾。大概周末都跟家人出去玩了吧,荆楚这样猜测。就算真的碰见田禾了又怎么样?总不能恶狠狠地威胁她说"你要敢把我的糗事说出去,我就揍你"吧?

听听

真的要威胁的话,在学校里也能找到机会。一次快放学的时候,有个同学快步路过时碰掉了田禾摆在桌面上的书,荆楚恰好跟在后边,就弯腰把书捡起来递给田禾。

"谢谢。"田禾一边说一边看了看荆楚,大概是又想起那天的屁屁,她抿嘴笑了起来。

讨厌,笑什么笑,有那么好笑?荆楚落荒而逃。晚上辗转反侧睡不着的时候,荆楚又想起田禾那个笑容,那算是"嘲笑"吗?就算真是嘲笑的话,那也很好看。真离奇,一个并不漂亮的女孩子为什么笑起来会像花朵一样呢?

四

周五下午全校大扫除。大部分同学都被分配去操场捡落叶,荆楚的任务是擦黑板,大概是因为看他个子高。可是长颈鹿也高呀,谁能想象长颈鹿擦黑板的样子?一定超级矬吧!荆楚就有这么矬。

有人看不过去了:"我来吧。"荆楚来不及拒绝,手中的板擦已经被拿走了。小个子的田禾手臂也不算长,可是匀速又有力地左右摆动,就像车窗上的雨刷。黑板很快被擦干净了。田禾麻利干活的样子让荆楚看得眼睛都要直了——他可是连洗脸毛巾的水都拧不干净的废柴呀。

"你在家里肯定什么活都不干吧?"田禾放好板擦,对荆楚说。

荆楚心虚地低头看看自己那令很多女孩子自惭形秽的娇嫩双手。"妈妈的存在不就是用来干家务活的吗?"因为不想示弱,他故意用傲娇的口气说。

"你这个不孝子!"田禾用开玩笑的口气说。

田禾随和的态度让荆楚觉得和她多说几句话也没什么关系。"田禾,我是家族遗传性的神经衰弱。"荆楚为了迁就他们之间的身高差异,略略弯着腰说。

呃,为什么突然和她说这个?田禾不解地眨眨眼睛。

"你知道肠经和胃经不通畅的人是很容易失眠的,当然这种影响也是逆向的。"

田禾更茫然了,荆楚这话说得好学术呀!

"所以,你能不能忘了我那天放了一个屁?"荆楚每说一个字脸就红上一分,一句话说完,他的脸已经红得像草莓一样了。

田禾愣了愣,然后放声大笑。"荆楚你怎么这么可爱呀!"她真的不是故意说出这句话的,完全是不受控制地脱口而出。

羞愤难当的荆楚掉头走开了。真是的,被女孩子夸他可爱,他还不如买块豆腐撞死算了!

三

田禾有些忐忑,不知自己是不是得罪了荆楚。那天扶住荆楚没让他摔倒之后,不知为什么他反而更疏远她了。是因为那个小臭屁吗?田禾想到这里又忍不住要笑。她可不是那种玻璃心的女孩子,奶奶瘫痪这些年,爸妈忙不过来的时候,她还要帮爸给奶奶擦身、清理一些秽物什么的。一个小小的屁而已,根本不需要纠结呀。

她可是从开学第一天就注意到了这个男孩子,因为他有令人羡慕的白皙而光洁的皮肤,五官也特别好看,是名副其实的花样美男。田禾也曾和别的女生凑在一起花痴地讨论荆楚,最后得出的结论是:这

听听

家伙挺傲的呢，都不怎么说话的。

晚上临睡前洗脸，田禾看着镜子里自己天生黝黑的小圆脸，为自己搞砸了难得的一次和荆楚对话的机会而沮丧。搞不好，以后他再也不会和她说话了。和她玩得好的几个女生也都从来没有机会和荆楚交谈的呢。唉！

"送给你。"是一包瑞士莲巧克力。田禾认识这个，是因为北歌很喜欢吃，他也常常硬塞给她吃。

"送给我？"田禾不敢相信地轻声重复。男生送女生巧克力，一般来说是表白的一种形式吧。她竟然被表白了？真想掐自己一下看是不是在做梦呀。

"拿去呀。"

"哦，好。"田禾用双手很珍惜地拢着那包巧克力。

一贯无精打采的荆楚的眼睛忽然发起光来："拿人家的手短，吃人家的嘴软哦，所以我的秘密你要帮我保守哦！"

是因为这样才送她巧克力的呀，就是不小心放了个屁而已，需要这么百转千回费尽脑汁地纠结么？怪不得他说自己神经衰弱什么的呢。田禾真想把巧克力再还给荆楚。

"你知道我的秘密是什么吗？"田禾想说她知道她太知道了，但荆楚并没有给她时间回答，继续说下去："我一直在关注你。"

六

送巧克力那天是周五，接下来有两天时间荆楚和田禾都没有见面。

周六上午阳光明媚，荆楚有一搭没一搭在家里弹琴玩儿，爸爸在

书房练书法，妈妈在阳台一边品茶一边看书，爷爷奶奶结伴去逛花鸟市场了。荆楚有生以来第一次感激他与生俱来的脆弱纤细的神经，其实送那包巧克力的初衷是想收买田禾，但当田禾像托着一只珍稀的鸟一样把那袋巧克力捧在掌心的时候，荆楚可以清晰地听见心里有根弦被拨动了。这个皮肤黑，容貌连清秀都算不上的女孩子忽然在荆楚眼中变得极其可爱，可爱到他必须对她说："我一直在关注你。"

在意一个人的感觉就是这样的吧，好像心中被泵入了一股格外清新的气体，而在意一个人的理由应该是你忽然感受到了这个人藏在皮相下的一种无形的特质。看上去很普通的田禾，实际上一点儿都不普通吧？她身上好像有一种特别的活力。别说什么十几岁的孩子都是活力充沛的，荆楚自己就是个反例。一个总是觉得冷的人大概很容易被温暖的地方吸引，田禾吸引他的理由其实也正是这样吧，她所拥有的正是他缺乏的。

同样明媚的阳光中，田禾坐在自己的书桌旁，巧克力放在收拾得干干净净的桌子正中央。田禾趴在桌沿，盯着仍没舍得拆封的巧克力。已经十几岁的女孩子，当然都幻想过自己被谁追或被谁喜欢呀，小说漫画里那种傻傻却又很甜蜜的情节要是能发生在自己身上就好了。当然了，老师父母都会警告说要把全部精力都放在学习上哦，早恋什么是不可以原谅的……田禾一向听老师的话，可是偶尔还是会花痴地幻想。因为只是想一下而已呀！想想又不会变真的。

结果，竟然真的变成真的了。

虽然是周末，但爸爸妈妈仍要外出工作，所谓的穷忙族大概就是这样的。在隔壁看电视的奶奶不知为何发出"嘀嘀"的声音，田禾一看时间都快中午了，赶紧跑出去给奶奶喂饭。

熬得稠稠的粥配上肉松，奶奶很喜欢吃，因为中风而僵硬的脸歪歪地扭出一个笑容。快喂完的时候,田禾忽然想起那袋巧克力仍搁在窗下,被太阳直射着。田禾匆匆跑回自己的房间,像要救溺水的小动物似的把巧克力一把抓起来,果然是晒化了一些呢,隔着包装袋都能感觉出来。

田禾心情变得无比沮丧,忽然想通一个道理:她其实是没有资格去关注学业以外的其他事、其他人,正如她没有资格说"我想要台苹果电脑""我暑假想出国去旅游"。

但是没有苹果电脑,不能出国旅游这样的事一点儿都不让田禾难过,她一直是懂事的孩子,可是……当你和一个人的关系变得很亲密的时候,那么你的任何秘密都不可以再瞒着他了。

田禾把那袋巧克力还给了荆楚。

×

因为神经衰弱而浅眠的荆楚,也因为睡不稳而多梦,可是这么擅长做梦的他,却做梦也没想到田禾竟然拒绝了他。从小被娇生惯养的荆楚,是不折不扣的温室花朵,挫败感是一件距离他非常遥远的事。

荆楚接下了田禾归还的巧克力,跟着拽住了田禾的手腕,把她拖到教室外的垃圾桶旁,然后用力把巧克力丢了进去,同时还说:"我想我应该送你面镜子才对。"

"让你照照你到底是个什么德行。"这一句荆楚虽然忍住了没有说出来,但他想田禾一定听懂了他的言下之意,因为她的脸颊忽然像挨了两记凶狠的耳光那样红了起来,眼睛里也闪出了泪光。

走廊上有同学见到这一幕,好奇地多嘴问了一句:"怎么了呀?"

"关你屁事!"一贯病恹恹懒洋洋的荆楚像被踩着了尾巴的狼似

的,很凶地吼回去。

好了,至此荆楚的真面目完全暴露出来了,他其实也有脾气暴躁的一面,亦很自私,完全不懂为别人着想。

八

其实这样被荆楚羞辱了也很好呀,就像北歌说的"不懂得尊重别人的人都是没进化好的,连'人'都算不上"。荆楚气急败坏的表现给他的形象大减分,所以以后她都不必再对这个男生有什么想法了,田禾这样告诉自己。

可是浑身上下莫名其妙就有一种说不出的难过。尤其是一个人的时候,小肚子那里会一抽一抽地痛,伤心的时候心脏不痛苦,痛的竟然是肠道?田禾一边难过一边又觉得好笑。几年后她才在一本书上看到,原来腹部还被称作人的第二副大脑,强烈的情绪起伏会对肠道产生剧烈的影响。

胃口也变得很糟糕,田禾接连很多天都不能好好吃饭,就算去家门口的菜市场买来了她一向最喜欢吃的三丁肉包,她也只是咬上一两口就吃不下去了。

田禾是个天性开朗的孩子,她长到这么大,唯一让她感受到精神上痛苦的一件事,只有那次在街上碰到同学。那是几年前,田禾还在读小学,和爸爸妈妈一起出来散步,他们是聋哑人,所以田禾一直打着手语和他们交谈,有几个同学看见了,追过来毫不客气地取笑:"田禾,原来你爸妈是残疾人呀!"

爸妈听不见他们在说什么,只是看他们穿着和田禾一样的校服,知道他们是女儿的同学，所以一直对他们和善地微笑。

就是在那一刻，田禾才真正明白，原来她的爸爸妈妈真的是所谓的"弱势群体"，而更让她觉得难过的是，她不知道怎么保护他们。而荆楚的那句"我应该送你一面镜子"，让田禾感受到了同样强烈的屈辱。

谁都没有留意到田禾身上正在悄然发生的变化。两个月后，这个学期快要结束的时候，田禾已经掉了十几斤的体重，同时个子又蹿高了一些，整个人像是吃了什么灵丹妙药似的，变得纤秀了。学业上田禾竟然也有了长足的进步，过去她一直认为自己不够聪明，所以只能考到中等的分数，其实她若咬牙狠逼自己一下，功课也是能变好的。

九

荆楚不知其他人有没有察觉到田禾的转变，总之他是发现了。好像是为了和他赌气而故意变好的，这样想的时候，荆楚就会心慌意乱几秒钟。

那次对田禾说出那么过分的话，没过几天荆楚就开始后悔了。可是他不知道怎么道歉，也没法去道歉，因为田禾当他是隐形的，他一靠近，她就走开，或者干脆直接无视他。

后来即使在临近期末考很繁忙的时候，荆楚还是会在周末抽空跑去大伯父家，并且有一次他终于鼓足了勇气，走到了田禾留在学生通信栏上的地址。

来开门的是一个看上去和他年纪差不多的男孩子，脸上表情有点儿不耐烦，不客气地问荆楚："你找谁？"

"请问田禾住在这里吗?"

少年扬了扬看上去桀骜不驯的浓眉:"你找她干什么?"这时一个穿着围裙的妇人走上前,看样子应该是这家的钟点工。

荆楚看她和少年比画了几个手势,少年一边微笑一边摆摆手,回过头来对着荆楚又是一副懒得和他废话的表情:"她现在不在。"说完"啪"地关了大门。

吃了闭门羹的荆楚生气地想:田禾果然住在这里,可是为什么每次他来这个小区遛弯都碰不到她?他百思不得其解。

十

漫长的夏季后,秋天来了。经过一个暑期的酝酿,正处于飞速成长期的同学们的外貌大多起了变化。

肤色依旧是槐花蜜那种颜色的田禾开始给人一种透明的感觉,说不上来为什么,也许是因为她更瘦削了。马尾辫也剪了,头发剪得薄薄的,贴在耳后。田禾这么做,是为了省去洗头梳头的时间。

妈妈很心疼每晚温书到很晚的女儿,不让她早上再去买早点,可是田禾同样不忍心让妈妈多操劳,所以她还是会特意设好闹钟,到时间就跳起来冲去菜市场。

虽然家境这么困窘,但田禾一家对早餐是很重视的,奶奶喜欢豆腐脑,爸爸爱酸辣汤,妈妈则喜欢吃赤豆小元宵,田禾最爱甜豆浆,再配上煎饼、酥烧饼、糯米饭团。每次田禾买完早餐离开菜市场,双手都沉沉地提着很多东西。为了节省时间,田禾一般都抄近路回家。

这个时间小巷里最清寂了,几乎没有别的行人。听见身后自行车铃响时,田禾心中有点儿诧异,但还是向侧边让了让。车子向前滑行了一段,然后猛地刹住,穿着浅蓝色冲锋衣的少年转过身:"田禾?"他差不多花了半年的时间在那个别墅区兜兜转转,试图制造和田禾的偶遇,从未如愿,结果却在这里碰见。

这里是几乎可被称为棚户区的地方,荆楚是误打误撞第一次来到这里。昨晚又没睡好,他很早就起床了,踩着脚踏车到处瞎晃。

田禾先是瞪圆眼睛看着荆楚,好像看外星人似的,然后她忽然转过身,飞速向另外一个方向跑去。跑得那么快,简直是逃命的速度呀。跨坐在车上的荆楚无奈地摇摇头,他现在在田禾心目中已经妖魔化到了这种程度,以至于她看见他就要夺路狂奔?

十一

是的,田禾在入学时登记的那个家庭住址是她谎报的,那其实是田禾妈妈雇主的家。那家有个和田禾同岁的男孩子叫北歌,还有皮肤像雪那么白的女主人,以及非常和善的总是在微笑的大叔。甚至上学期开家长会,田禾都是硬着头皮请大叔替她父母去的,而大叔一口就答应下来了。

田禾妈妈已经在大叔家里工作了很久,有时大叔家要宴请客人,妈妈忙不过来,就会带上田禾做小帮手,刚开始大叔他们是有疑虑的,那么小的孩子能帮上什么忙?恐怕还要添乱吧。可是田禾每样事都做得利利索索的,让大叔一家人刮目相看,从那时起他们就喜欢上了这个又能干又懂事的小女孩。

大叔甚至还开玩笑说,以后如果田禾考上好大学,他来出学费,等田禾毕业了就直接进他的公司打工还债。

那时田禾还想,她恐怕没有那个本事考上好的大学。但最近一段时间的苦读,成绩突飞猛进,田禾感觉到不管同学还是老师对她的态度都有了变化,甚至一次在走廊碰见校长,她竟然都喊出了田禾的名字,还对她微笑。一切都似乎变得好起来了。

——田禾家是住在下北村那里啦!

——她爸妈都是残疾人呢。

——之前还以为她很有钱呢,原来都是骗人的呀!

在小巷和荆楚狭路相逢后没有多久,田禾一直小心隐瞒着的真实身世就被揭穿了。

"真是无耻呀,竟然这样捏造自己的家庭背景,被鄙视排斥也是她活该呀。"本来在班上人缘还不错的田禾,一下子失去了所有的朋友。她成了恶劣品行的代言人,虚荣、奸诈、卑劣这些贬义词统统可以招呼在她身上。

"竟然不认自己的不会说话又听不见的父母,对了,她妈妈是给别人家当保姆的。"

荆楚无意间听来这句,他忽然想起那次去别墅区找到田禾留的那个地址,来开门的少年身后可不就站着一个打手语的中年女子吗?看上去苍老憔悴的样子,当时荆楚一点儿没想到这人就是田禾的妈妈。

荆楚家也请的家政工,因为荆楚是个很挑剔的男孩子,比如说他床上所有的用品都是每天要换洗的,还要熨烫平整,他妈就说实在伺候不起,不请人帮忙她得累死。这个阿姨在荆楚家做了有几年时间,但荆楚差不多完全没和她说过话,倒不是因为看不起,而是觉得和自己毫不相干,所以无话可说。

"林阿姨,你有小孩么?"这天放学回家,荆楚破天荒对在厨房煲汤的阿姨开了腔。阿姨有点吃惊,但还是马上回答:"有呀,都已经上大学了。"

荆楚又问:"那你每天在外头忙忙碌碌,你的孩子谁照顾呢?"这个问题简直天真得可耻。林阿姨差点儿笑起来:"当然是他们自己照顾自己啦。"

荆楚想起田禾那次帮自己擦黑板那种麻利的样子,原来那根本是训练有素呀。荆楚心里忽然难过起来,被悉心呵护得像个废物的自己,在很多方面恐怕连田禾的一根小手指都比不上吧。就算她隐瞒了自己的身世又怎么样?如果明知说出来会遭受鄙夷,那么选择不说有什么不对?她并没有因此伤害到任何人。那些人凭什么公然地非议她,好像她是世界上最坏的人?

下次他们再说田禾坏话,他一定要跳起来大嚷:"你们都给我闭嘴!"是的,他一定会这么做。他才不怕呢!

十二

可是荆楚并没有机会向田禾施以援手,因为她请了病假,气温骤降,不少学生都患了或轻或重的感冒。田禾这次病假请了有快一周的时间。有人因此恶意地揣测说田禾是因为没脸再在学校里待下去了,搞不好她以后都不会来了,直接退学或者转学了。

荆楚也判断不了这样的揣测有几分真实性,直到田禾终于又出现在学校,荆楚听到自己如释重负地吁了口气,那一刻他才明白他多么害怕田禾以后都不来了。

连唇色都变得苍白的田禾显然真的经历了一场大病。荆楚一直试

图找机会和她说说话,放学的时候,荆楚推着脚踏车拐出校门,恰好看见田禾正步行走向不远处的公交站台。

"嗨,田禾。"荆楚追了过去,他接下来想说,"你还好吗?"

"你好卑鄙!"田禾转过身看到是荆楚,不假思索说出这句话。荆楚感觉像被一块大石头砸中了一样,完全蒙了。过了好久他才反应过来:田禾应该是误会自己是那个在背后搬弄是非的始作俑者了。

确实,在那次清晨小巷里狭路相逢之后,不久就传出了关于田禾其实是住棚户区的流言。但那天在巷子里偶遇田禾,荆楚只是觉得奇怪,丝毫没有想过别的。"田禾原来是住在这种贫穷的地方呀"这个念头根本没有在他脑海里出现过。虽然送出去的巧克力又被退回来,他因此恶狠狠地生过田禾的气,但这个女孩在他心目中仍旧占据着一个很美好的位置,所以他根本不会把任何不好的事情和她联想在一起。

"真的不是我说的!"荆楚试图追上田禾向她解释清楚。这天学校放学的时间恰好也是上下班通勤的高峰时间,车流如织。任性地在车流中横冲直撞的少年终于被一辆来不及刹住的卡车撞飞出去,像断线的风筝那样,落在很远的地方。

十三

荆楚病休了差不多一整年时间。他刚出事时一家人几乎为之疯狂:荆楚的外公外婆在他伤情稳定后立即将他转去外公任职的医院,祖父祖母则是请来了传说中无比灵验的"大师"为荆楚排八字命格,最后得出结论:名字取得不对,笔画数不吉利。于是荆楚就不叫荆楚了,改叫"荆之楚"。

荆楚后来康复得很好，但整个治疗过程中所受的苦楚令他后来想起都觉得是个不真实的梦境。他一直记得回荡在病房里凄厉的惨叫和粗浊的喘息，他简直没法相信那就是他自己的声音。

从一出生就被无原则地狠狠娇惯的他，终于吃到了真正的苦头。熬过来之后，荆楚忽然领悟到一个道理：过去自己一发脾气就肆无忌惮地去伤害别人，完全是因为自己根本不知道被伤害后的感觉是什么样的。

那样当众羞辱田禾，对她会造成多大的伤害，荆楚这才算是真正明白了其中沉重的分量，所以被她认定是传播流言的人根本是他咎由自取。他再怎么解释恐怕都无法重拾田禾的信任了，但不管怎么说，他终究还是欠她一个解释。

所以荆楚给田禾手写了一封信，很短，寥寥数语："不管发生了什么事，田禾你在我心目中始终是最美好的那个女孩子。很抱歉我曾那样口不择言。"

信寄到了学校，先由传达室分拣，然后再交给各班班主任，最后才能送到收信学生的手上。知道荆楚出了意外之后，田禾立即想到这件事肯定和她脱不了干系——是因为她那句"你真卑鄙"，荆楚心绪不定所以才会被车撞上的吧？

田禾曾试图去医院看望荆楚，但几次都没见到，后来他又转去外省的医院。整整一年，田禾的心里都非常难过，因为她无数次地回想起那天荆楚喊她时的神情，他并不是幸灾乐祸想看她笑话，而是满脸的关切呀。

如果当时她真的看清了、看懂了这个表情，那么她就会明白荆楚不会是那个刻意拆穿她谎话，要让她出丑的人。就算他是又怎么样？她确实说谎在先，被拆穿也是活该呀。不愿意让同学知道她有聋哑的

父母，是因为在她内心深处潜藏着以他们为耻的念头吧！听都听不见的人，多可悲多凄惨呀！

　　她很幸运，生下来是健全的。可是又怎么样呢，她还不是一样干出了掩耳盗铃这种可笑的事情？还不是一样误解了别人？荆楚曾经对她说过很过分的话，她后来也对他说了呀。他们两个其实都有着非常糟糕的一面呀，也许每个人都有着不健全的地方，所以才要一直努力让自己变得更好。

　　辗转得知荆楚已经康复之后，田禾亲手制作了一张贺卡，卡上写着"祝你永远健康"，卡里则夹了一小块单独包装的巧克力。

　　田禾把信投进了荆楚家楼下的邮箱里。她不知道他能不能收到这封信，收到信时巧克力是否已经融化。她也不知道再过24个小时，也就是明天这个时候，她会收到一封由班主任转交的信，它来自于另一个城市的医院……

白月光

我说我最喜欢的歌是《白月光》，平狸问我为什么。我说因为其中一句歌词："每个人，都有一段悲伤。"我因此遭到平狸强烈的耻笑，他说我装。

我和平狸是最好的朋友。超过十岁的男孩子和女孩子之间还会不会有纯粹的友情？说真的，我也不知道，我觉得我和平狸之间应该不是只有明净简单的友情这么简单。

平狸是个混血儿，但他混得非常失败，并不是说他不俊美，而是他身上根本瞧不出还有一半中国血统。

"你说，混血混成你这样，你妈瞧着你一定郁闷到不行，以为你是你爸一个人生出来的呢！"我取笑他。

"幸好，我妈看不到我长大的样子。"平狸眉眼弯弯地笑。我被噎住了一样开不了口，为自己开了一个如此糟糕的玩笑而愧疚。

平狸将我拽过去，将我头塞进他的腋下，然后很粗鲁地用力揉搓："没事的啦，傻瓜。"

我好容易将我的大头抢救出来，平狸将松开的双臂伸直高高举向天空："我爸说，对于我们无法接受的命运，虽然我们改变不了，但一定要学会面对。Life sucks,but worth fighting for.（就算倒霉顶透，依然要去奋斗）我爸说，有时失去，是让你更懂得珍惜。"

平狸的肚子里装满了类似的"智慧老爸箴言录"，我想他爸一定超级爱他，平狸虽然出自单亲家庭，却是我见过的心灵最美好的男孩子，他就像一轮小小的太阳，自己灿烂，也不吝惜给别人温暖和明亮。

我见过平狸的父亲，他有一张和平狸几乎一模一样的脸，金色的头发、蓝色的眼睛，但表情很东方很恬淡。他的学生都叫他史教授，所以我也跟着叫他史教授。我初见他那天，他正在烧烤炉前忙着烤鸡翅，听见平狸说我来了，他急忙转身，左手烤叉，右手调料刷，脖子上还滑稽地挂着绿蓝格子的围裙。他见我笑不可遏的样子，也向我笑，他的笑容好亲切，就像刚刚卷出的棉花糖。我很喜欢他，他也很喜欢我，总是叫我"白家小朋友"。

二

我叫白幸，有段时间我对这个名字深恶痛绝，一边掐我妈手臂一边踢我爸大腿，然后咆哮："你们又不姓焦！干吗叫我'幸'！"

"白""幸"这两个字凑在一起有多难看多耻辱呀！我试图把自己的名字改成白欣，白馨，哪怕白杏都好，我屡屡想要偷出户口簿去警察局改名，但我的阴谋总是被我威武的爹妈扼杀在萌芽状态。于是我只好顶着白幸这个超级尴尬的名字活到十三岁。然后我遇到了平狸，他听完我的自我介绍，立即咧嘴大笑，我以为他也要像别人一样取笑我，结果他说："Lucky（幸运）！多么好！"我因此立即喜欢上了史平狸。

起初平狸总Lucky、Lucky的叫我，后来他不知道为了什么，大约想省掉一个音节，他开始叫我"拉拉"。平狸在学校是一呼百应，影响力超凡的风云人物，于是几乎是在一夜之间，所有人都跟着他一起叫我拉拉，甚至一次在学校门口碰见校长，我说："校长好。"校长微笑回应："你也好，白拉拉，呃，白幸。"周围的同学当场全部笑翻。在这历史性的一刻，我成功由"白幸"晋级为"白拉拉"。

我恨不得买点儿生姜、葱把平狸塞进锅里给炖了！他叫我"拉拉"绝不是因为他是天真无辜的外国人，他明明知道"拉拉"这个称呼有什

么暧昧的含义。

平狸虽然出生在美国,但他的中文绝对比英文要好一千倍,他甚至随时能引用两句《论语》《道德经》里的话,什么"已所不欲勿施于人,冰激凌不是健康的东西,所以拉拉我就不帮你买了,你看着我吃吧",还有什么"不见可欲使心不乱,拉拉你不要再上淘宝了,有钱花不掉你可以给我用"。

我说:"平狸,人家说那些在美国长大的中国小孩,是香蕉人,黄皮白心,你恰恰相反,白皮黄心,你是个反香蕉人!"

我试图把"反香蕉人"这个称谓安在平狸头上,但我的影响力实在太小了,这个名号始终未能叫响,就算我把它精简为"反蕉"也还是不行。

我的报复计划惨遭滑铁卢。因此我不得不承认,平狸比我牛、比我强、比我伟大,打倒他的征程任重道远,并且遥遥无期……

三

我和平狸很有默契,简直到了有心灵感应这种地步,他讲了一半的话,我可以准确无误地接下去,他不喜欢的人我会本能地厌恶。"我们俩投契得就像在一起生活了很多年的老夫老妻",这句话是平狸说的。

平狸看着我神情诡异地将外套脱下来系在腰间。"你很热?"平狸觉得无法置信,明明今天有冷空气。

"不速之客!"我恨恨地说。

"谁?"平狸诧异。

"Aunt flow."(大姨妈)

"啊……"

平狸望望我，我望望他，我和他之间的默契在这个瞬间发挥到极点，一切尽在不言中，平狸无奈地挠挠头，向我说了句"等着"就大步跑出去。我知道他肯定是奔校门口的便利超市去了。

其实我完全可以找别的女同学帮忙，但不知道为啥我觉得这种丢脸到极点的事情告诉平狸也无所谓。真诡异！男女有别呀。为什么我在他面前会这么理直气壮地不矜持呢？

平狸的态度和我差不多，他把那包东西悄悄塞给我的时候他脸上的表情也没多尴尬，我从厕所出来，他甚至还从衣襟里掏出一杯一直焐着的热奶茶，一边递给我一边数落我："你个白痴，这种事都不知道要早做准备！"完全是当爹的口吻呀。

因为我和平狸如此形影不离、相亲相爱，大家都习以为常，有的时候连我自己都这样怀疑。直到有一天，因为秋燥的缘故，我感觉口腔内壁一个地方一直隐隐作痛。

"好像长了溃疡。"

"让我看看！"

平狸捏住我的脸转向光亮的地方，一般来说，这么亲昵又恶心的事情我只会交给我妈来做，但当平狸用打量洞穴里是不是有怪物的眼光仔细打量我的口腔时，我竟也没觉得多不自在。这真是个超级纠结的问题，为什么我在平狸面前就是不懂得害羞？

"平狸，你说你是不是就是传说中的'中央空调'？"我开玩笑地问他。

平狸脸上一副"狗咬吕洞宾"的表情："什么时候'关心'和'花心'划上等号的？"

这令我有几分后悔："我不过开个玩笑，这是夸你是暖男，懂吗？"

平狸做了个鬼脸。"到底你是怪胎,还是我是怪胎呀?"他笑着揶揄我。

这次对话并没有影响我和平狸之间的感情,但是我们都因此意识到另外一件事,在未来的日子里,我们一定会遇到各自在意的人,到那时,我们这种亲密无间、纯洁无比的关系就再也不能保持下去了吧?

四

因为平狸极其优秀,在高三第二学期刚刚开始的时候,他就已经获得保送资格,是本市最好的一所大学Z大,平狸的父亲就在那里任教。

我焦头烂额地投入复习,忙得昏天黑地,平狸则经常去大学旁听,很少来学校,当我意识到我和平狸之间慢慢开始疏远的时候,平狸跑来告诉了我一件事情:"拉拉,我有了一个喜欢的女孩。"

我没有经过任何酝酿,瞬间放声大哭,好像陡然倒退到三岁,有人无情地夺走了我最心爱的洋娃娃。平狸完全没料到我的反应会是这样,急忙一个劲儿地问我:"哭什么呀?"

"你再也不会对我好了!"我也知道我的反应幼稚到极点,但我就是没有办法控制自己。

"不会的,你们在我心中是同样重要的!"平狸说到一半,语调因为心虚而低了下去,他在我含泪的逼视下,被迫改口:"不,拉拉你永远是最重要的,超过所有人!"

我心满意足地点点头,然后扯过平狸的T恤下摆来擤鼻涕。我也知道我逼平狸许了一个他根本没法信守的诺言,但他肯这样哄我,我就很开心。我答应平狸去见娜塔莎。

五

娜塔莎大平狸两岁,是Z大的留学生。她是俄罗斯裔,但在美国出生和长大。她生得极美,看到她的第一眼我以为自己看到了盛放的玫瑰花的精魂。这样艳光四射的女孩,我实在没法不去嫉妒她,但她扑过来一个大大的熊抱就化解了我心中刚刚形成的芥蒂。

娜塔莎和大多数美国女孩一样率真爽朗,脸上挂着孩子气的不设防的表情。我越看她越喜欢,可是她忽然对我说:"你和平狸长得好像,你们是亲兄妹吗?"

我真怀疑这个娜塔莎是不是有面孔辨认障碍症,我和平狸分属两个不同的人种,怎么可能长得像?

"娜塔莎,你放心,虽然我不是平狸的亲妹妹,但他一直拿我当亲妹妹对待。"

平狸听出了我话里的暗讽,偷偷地瞪了我一眼。娜塔莎傻傻的什么都没察觉,仍是很开心地望着我笑,"你真的好可爱,好特别!"她中文大约不太好,独一无二这个成语她讲不出来,只好对着我喊了声:"Unique!(独一无二的)"

Unique?怪物才独一无二呢!我抓起侍应生刚刚送上来的乌梅汁,对准娜塔莎美丽的脸庞猛地泼了过去。

六

平狸将我扭送上出租车,报了我家的地址,他阴沉着脸要求出租

车司机开车。车子发动后,我转身从后车窗看着平狸匆匆奔进咖啡馆安慰受到惊吓的娜塔莎。

骗人!我感觉眼睛里像被人塞了两只小金橘那样涩痛起来。说什么不管怎么样我都是他心中最重要的人!骗人!都骗我!

我回到家的时候,恰好撞见爸爸拎着两个大大的行李箱准备离开。前段时间,爸妈之间爆发了一场剧烈的争吵。我记得我听到瓷器碎裂的声音,急忙跑去书房,正好听见爸爸向妈妈怒吼:"你每次看着他的时候眼神都不对,你在想什么你自己知道!"

"当年为什么他主动提出要帮我们?你敢说他对你一点非分之想都没有?"妈妈的脸涨得通红,她大声反击说爸爸信口雌黄。

他们发现我在偷听,于是把书房门关上、反锁,我像只壁虎似的紧贴在门扉上,可是他们俩改用英文争吵,时不时还夹杂一些法文,我听得一头雾水,完全搞不清他们到底为什么吵得这么厉害。

这场争吵最终在爸妈的互骂中结束,当时我就知道事态很严重,果然几天后爸爸提出要搬出去,妈妈表现得很矜持很冷淡,完全不阻止。我干着急,却什么都做不了。

今天爸爸是回来拿上次没带走的东西,他没料到会撞见我。我努力想对他微笑,但脸上委屈的表情怎么都掩饰不了。

"白幸,你知道这一切都和你不相干,爸爸永远爱你。"他提着行李离开前这样对我说。

我用力笑着向他点头,表示我知道了。是的,我知道,我知道他永远不能像一个真正的父亲珍爱自己的女儿那样珍爱我。已经有很多年了,我恐惧着他会离开我。这一天,终究还是来到了。

白月光

因为我在娜塔莎面前的恶劣表现,平狸开始和我冷战,冷战就冷战,我咬着笔帽对着习题发呆,心中乱成一团。

教室里忽然起了一阵小小的骚动,说来了一个转学生,特别漂亮。我也随大家去看热闹,路上听说,这个女生本来户籍是在我们这个市的,后来和父母一起去了外地,快高考了才又转学回来。

我隔着人群看着那个背影纤秀的女生一边鞠躬一边从校长室退出来,我看到她的侧面,以及眉尾那粒极妩媚的朱砂痣。我拨开人群走到新来的女生身边,我说:"你好,林眉妩,好久不见了。"眉妩脸上刚刚绽出惊喜的笑容,就被我一巴掌打碎了。

平狸恰巧也在,见我做出这么出格的事情,他几乎疯了,一路推开人群冲到我面前:"你到底什么毛病呀?前几天那样对娜塔莎,今天又动手打新同学?死丫头,你看着我!"平狸捏着我的肩膀乱晃。

我就不看他,我只盯着被我打得哭出来的眉妩:"这一巴掌是你欠我的,你自己心里知道!是你欠我的!欠我很久很久了!"

这句话说完,眉妩的眼泪收住了,我的眼泪却如暴风雪瞬间模糊了我的视线。我记得我对平狸说过,我最喜欢的歌是《白月光》,因为里面有句歌词叫:每个人,都有一段伤。

因为我是在校长室门口动手打人的,校长很震惊,勒令我进办公室接受训话,我却理都不理转身跑开。

平狸追着我。我停下转身,趁他收势不住,用力在他膝盖上踢了一脚。我猜那一脚一定踢得很重,平狸猛地向后摔倒,然后痛苦地抱

起膝盖。他没法再追我,我听见他声嘶力竭地在我背后喊:"拉拉,白拉拉,死丫头,你到底怎么了?"

八

　　七岁以前,林眉妩是我最好的朋友,她妈妈和我妈妈是多年至交。我和眉妩差不多一般大,因为我们一样漂亮、可爱,所以我们手拉手走在路上时常被误认为是一对小姐妹。但这些都不重要了,因为后来我和她绝交了,我妈妈也和她的妈妈绝交了。我不知道眉妩这次回来对我而言意味着什么,她会不会把关于我的那个丑陋秘密宣扬得尽人皆知?

　　我去便利超市买了一打格瓦斯(一种发酵饮料),然后一边走路一边喝,喝到后来我肚子好痛、全身都痛,我在公车站牌前蹲下来,拿出手机,拨通了平狸的号码。

　　"平狸……好难受。"我求救。

　　平狸的声音本来听上去很生气,立即变得关切起来。他焦急地问我现在所在的位置,然后千叮万嘱叫我不要走开。我忽然无法遏制地呕吐起来,手机跌进肮脏的呕吐物里,我听见平狸大声地问:"拉拉你还好吗?"可是我没有力气回答他。

　　逝去的时光在我混乱的思绪中扭曲成一个弧度,我跌跌撞撞地倒退,终于又回到了七岁那年,我的生日会,我和眉妩不知为何争吵起来,因为我比眉妩更伶牙俐齿,眉妩吵不过我,她气愤地向我伸出小小的手指:"你是个怪物!你都不能算真正的小孩!你是在玻璃管子里生出来的!"

　　我完全呆住了,然后,眼泪很安静地流下来。眉妩的妈妈愧疚地望着我妈妈,急于向她解释些什么,但我妈只是怒瞪着她们母女,然后大声叫她们滚。

我到现在都记得那天我有多么伤心,虽然我并不是完全懂得眉妩到底在说什么,妈妈向我解释,说因为爸爸身体的关系,他们很难拥有自己的孩子,所以不得不求助于先进的医疗手段。我记得当时我问我妈,如果我真的是从玻璃管子里生出来的,那么我还算是一个真正的小孩么?

妈妈被我问得愣住了,过了一会儿,她用力将我抱紧,对我说:"白幸,你要记得,一定要永远记得,什么都不重要,重要的是,妈妈永远爱你。"妈妈的回答并不能令我满意,我其实是希望她告诉我,我是不是真像林眉妩说的一样是个怪物,而妈妈竟不能斩钉截铁地对我说:"不,你不是!"

先哲们说,每个人终其一生都要面对"我是谁"这个问题。我呢,我要面对的问题却是"我到底是不是个人"。

平狸赶来的时候,我正在站牌下瑟缩成一团,我没有直接昏睡过去是因为我觉得太冷了,当平狸紧紧抱住我时,从他身上传来的体温令我觉得那样安全和幸福。好想一直赖在他怀里不出来,不要面对这个冷酷残忍的世界。

"拉拉,到底出了什么事?为什么你不能告诉我?"平狸在我的耳边轻声质问。

对不起平狸,我不能告诉你。虽然我是这么喜欢你,虽然我其实很想和你诉说这个困扰了我很多年的秘密,但是我很怕你知道后也会嫌恶地推开我,然后说,滚开,怪物。

那晚,平狸送我回到家时,我已经趴在他背上睡得迷迷糊糊,我只听到他很认真地对我妈说了一句:"阿姨,白幸最近状态很不好,请你多关心她些。"

九

第二天,林眉妩在放学的路上拦住我,她用马上要哭出来的腔调向我再三保证,她绝对不会说出我的秘密,如果她说了,就让她不得好死。我相信了她,并且原谅了她。和平狸的爸爸一样,我的妈妈也是个非常睿智明理的人,她也常常教导我一些人生的大道理,比如,她常常说:"白幸,你要学会宽容,你要懂得原谅别人,因为有的时候,原谅别人就是原谅自己。"

我愿意原谅别人,是因为我希望我的原谅可以像储蓄罐里的硬币一样储存,等到关于我的真相大白的那一天,别人会把他们欠我的原谅都还给我。他们将不得不原谅我,原谅我其实只是个类人怪物,却一直生活在他们中间。

备考的那段日子时光如飞,我甚至还没察觉夏天的来到,考试已经悄然结束。多日来紧绷的神经一下放松了,我忽然发现我再也没办法强迫自己去忽略心底那层像怎么都洗不干净的胶印的隐痛。

这几个月爸爸一直没有回过家,他只是打过几个电话给我,鼓励我好好复习好好考试,仅此而已。我知道妈妈是非常伤心的,虽然她倔强地装作没事,但是我常在半夜听见她努力压抑着的抽泣声。

我主动约见了司徒女士,她是爸爸现在的女人。因为我其实十分清楚导致爸妈分开的真正原因,所以我心里并没有多么厌憎这个女子,尤其当我看到她本人,她竟比我妈妈还要显得苍老,并且不及我妈美丽,我觉得十分意外。

我隐隐约约知道一点儿关于司徒女士的事情,她丈夫几年前因病去世,留给她数额惊人的遗产,她和我爸是老交情,好像是我爸当年在国外当穷学生时得到过她的不少照顾。

司徒女士是个气度与风度俱佳的女子,虽然她并不是很清楚我找她的真正用意,但她的态度始终亲切。她对我说:"孩子,你爸爸只是太累了,所以需要退出一下,你知道,有的时候大人其实也都是还没长大的小孩子,他们也会偶尔任性,我向你保证,你爸爸很快就会回到你妈妈和你的身边,因为他是那样爱你们,尤其是你。他永不会抛弃你的。"

我想司徒女士真是个好人,她这么温柔和小心地斟酌着措辞,生怕伤害到我。

"不,你不懂的!"我望着这个世故但善良的女子,"我爸不会再回家了。我知道都是我的错,我找你,只是希望你能代替我向我父亲说,不要怪妈妈,错不在我妈妈,在我。"我虽然极力克制,眼泪还是不争气地掉落下来。

司徒女士吓坏了,连声安慰我:"傻孩子,世上哪有会真心怪责自己孩子的父母?你爸爸更加不会,他是那么爱你!"

是的,世上没有父母会真的迁怒于自己的孩子,但我并不是我爸的孩子。我的妈妈确实是我血缘上的母亲,但我体内的另一半基因来自于一个非常"无私和博爱"的捐赠者。所以,我爸可以理直气壮地不爱我,因为说到底我和他其实是完全不相干的两个人。

十

高考一结束,妈妈就接了一个项目飞去了纽约,我很高兴她能转换个环境,我听她说过她在生我之前一直在纽约读书、工作,她在那里有很多旧友和值得好好回味的美好时光。

平狸和娜塔莎走得越来越近,我不想令平狸为难,所以我主动找到娜塔莎向她道歉。我说第一次见她时我那么失常是因为我从小就不喜欢别人说我"特别",这是我的死穴,谁都不能说。娜塔莎无法置信地看着我,我只好改口说,那天我用饮料泼她是因为我嫉妒她,我和平狸一直很要好,虽然我拿平狸当哥哥一样,但她的出现还是让我觉得平狸被她抢走了。这个解释在娜塔莎听来是合情合理的,她用力抱住我,在我脸上亲了一下,我们和好了。

整个暑假,我差不多全在史教授家的老宅里消磨。老宅是平狸外公外婆留下来的,在乡村,站在院子里就能望见不远处的农田。我听平狸说过,他妈生下他不久就去世了,为了令失去了唯一的女儿的老人们获得一点儿安慰,史教授毅然带着平狸回到中国。前两年平狸的外公外婆相继过世,老宅一下寂寥起来,所以史教授对于我这个不速之客的打搅,表示十分欢迎。

大约因为史教授一直身兼母职的关系,他对平狸说话总是轻声细语,我从未见过史教授在平狸面前摆过严父的架子。平狸呢,这么大的男孩子了,在他老爸跟前依然可以自然而然地任性和撒娇,"这个菜太咸啦,老爸你廉颇老矣。""说了这个牌子的洗发水我不喜欢,老爸你怎么还买?"史教授听到平狸的埋怨就会冲过来,把他的头塞进自己腋下然后用力揉搓,父子俩笑闹成一团。

我常常看得目瞪口呆,不知该觉得恶心,还是羡慕。这几年我和父亲之间的关系越来越疏远,我不敢去亲近他,而他显然也不怎么想要亲近我。

我爸不像史教授那么英俊,但是非常有魅力,笑起来时,嘴角的纹路像小小的月亮。我记得小时候我的朋友来家里玩,都会在他面前极力表现试图赢取他的欢心。这两年他老了,两鬓斑白,但他在我看来依然是世界上最帅气的老爸,我多希望在他心目中,我永远是世界上最可爱的小女孩。我多想我和老爸之间也能像史教授和平狸间一样亲密无间、相亲相爱,好想好想的。

史教授留意到我的怅然若失,一天,平狸和娜塔莎出门了,我和史教授留在家包饺子,史教授一边擀面皮,一边担心地问我:"白家小朋友,是不是出了什么事情?"

我装作不太在意的样子说:"我爸妈正在离婚,我觉得都是我的错。"

史教授忽然将擀面杖一扔:"他们之间的问题为什么要牵涉到你?你没有错!!你怎么可能有错?"我没料到史教授会这样维护我。

史教授甚至表示他要为了我找我的父母好好谈一谈。我极力制止他,我说:"史教授你是世界上最好的父亲,你可以为了平狸牺牲一切,但并不是每个父母都能够像你一样。比如我的父母,他们无法像你这样无私,他们是永远不可能将我摆在最重要的位置上,就像你对平狸那样。"

"可是他们没有权利这样对待你。他们不够爱你!"史教授依然显得义愤填膺。

"这就是我的人生,我正在学习如何应对。史教授,请你不要插手。"我几乎是冷酷地说。

史教授脸上讪讪的,我并不想表现得如此不知好歹,但史教授不是我的父亲,他是别人的父亲,保护我不是他的责任。

十一

娜塔莎是学校剧团的成员,暑期快结束的时候,她有部戏试演,我和史教授跟着平狸一起去捧场。快开演的时候,我接到妈妈的电话,她的声音听上去十分雀跃,显然她在那边生活得很好,我由衷替她感到高

兴,但同时心中不免怅然,有的时候我真怀疑我这种试管里诞生的孩子对她而言是一种难以言说的负担。妈妈问我钱够不够用,有没有好好吃饭,我说:"我都在平狸家蹭饭吃,吃得可好了,又不用花钱。"

"平狸?是那天送你回来的那个外国男孩子吗?"妈妈忽然欲言又止,"白幸,有些事,妈妈……妈妈觉得应该和你说……"

我不知道她是措辞艰难,我以为是信号不好,就说:"妈妈你隔天再打给我。"便匆匆挂断。

戏开演了,娜塔莎扮演一位中世纪的公主,戴着及腰的金色假发的她在灯光的照射下美艳绝伦,我看到平狸脸上如痴如醉的表情,我想,原来是真的,每个人都终将远去,寻找各自生命中的幸福,而我,只能旁观。这种无形的隔绝,也许在我诞生的那一天起就已经注定。

娜塔莎演得很好,结束后我们去学校附近的饭店吃饭庆祝,史教授还特意去买了一瓶香槟。娜塔莎很兴奋,拿出宝丽来相机说要拍照留住。我、平狸以及史教授还未来得及摆好姿势,娜塔莎已经风风火火对着我们按下快门。

"重拍重拍!"平狸嚷嚷着,娜塔莎却对着已经成像的相纸哈哈笑起来,说:"你们三个约好的吗?姿势都一模一样!"

抓拍的那张照片上,史教授、平狸还有我都是左手撑在下巴上,拇指食指撑开九十度,另外三个手指松松地蜷曲。我抓过照片来看,不觉也笑了:"真是跟你们在一起混太久了,被潜移默化了……"我的笑声忽然中断。史教授打开了香槟。

"拉拉,你哭什么?"

"哪儿哭了,香槟溅进眼睛里了。"我说。

他们都笑了。我则悄悄地将那张照片收了起来。

十二

  还有几个月我就满十八岁了，妈妈向我承诺过，如果等到我成年，我依然想知道我血缘上的父亲是谁的话，她就告诉我。
  其实，我早就放弃了这个"认祖归宗"的念头，虽然那个人给了我一半生命，但他说到底只是个捐赠者，我对他而言不过是一次善举的成果，并不是女儿。
  因为我运气很好，大约也有点儿小聪明的缘故，我也考进了Z大，随着开学日期的临近，我不再去史教授家蹭饭，史教授派平狸来问我是不是出了什么事情。我把贴在笔记本空白页上的那三双眼睛翻出来给平狸看。三双看上去几乎一模一样的眼睛，并列贴在纸上。我冷冷地问平狸："你看得出来哪一双眼睛是你的吗？"
  平狸嘻嘻笑起来，说："拉拉你个死丫头又在玩什么把戏？你不会不知道我的眼睛是蓝色的吧？"
  我知道。那天我偷偷藏起了那张我和平狸还有史教授的合照，回家后我立即扫描进电脑，我用修图软件把平狸和史教授的蓝眼睛都改成黑色的，然后连同我的眼睛一起剪下来，贴好，然后我哭了，无声地号啕着。
  我从来没有觉得我和平狸长得相像，因为他是白种人，而我是黄种人，哪有跨人种的相像呢？我记得我曾经取笑平狸混血混得太失败了，完全看不出他还有一半东方血统。
  原来，我自己也是混血混得太失败的混血儿，所以完全看不出我身上还有一半西方血统。这么多年，我都以为我的五官立体、身材高挑是因为我天生丽质呢。

"这是你爸爸的眼睛。"我指着最上端那双眼睛。

"这是你的眼睛。"我指着中间。

"这是我的!"我指着最下面。

平狸脸上的笑容慢慢凝固,然后他几乎是愤怒地对我说:"别开玩笑了,拉拉!"

十三

我的名字叫白幸,因为在我爸妈看来我的出生是一种莫大的幸运。他们在美国留学时相识、相爱、结婚,非常恩爱,但很多年过去了,他们无法拥有自己的孩子。于是他们去一家不孕研究所找专家征询意见,专家提出了一种可行的方案:试管婴儿。

但妈妈无法信任来自精子银行的那些不明情况的捐赠者,就在这个计划差点儿搁置的时候,当时正在这家研究所担任助理研究员的史教授主动提出愿意帮忙。

我,因此诞生。父母为我取名,幸。我出生后不久爸妈就带我回国,他们想斩断和过去的一切关联,埋葬我其实是个试管婴儿的秘密。

十四

妈妈从纽约回来后,我瞒着她打了电话给父亲,要他立即回家。我又找到史教授,对他说我改变主意了,我觉得还是应该请他和我父母好好谈一谈。

史教授和平狸登门拜访那一天,当我爸妈看到史教授,他们同时露出震惊至极的表情。我故意不理他们三个,我直直望着平狸的眼睛说:"你做梦都想不到吧,我其实是你父亲的亲生女儿!"说真的,这一刻,我连平狸都痛恨。为什么他可以是一个正常的孩子,我却不可以?

三个大人的脸上一起露出痛苦的表情。我开始斥责我的父母:"我真的不懂,如果你们注定生不出孩子,那就不要生好了,为什么要强求?你们把我生出来,不过就是因为你们觉得一个孩子可以令你们的婚姻更稳定,结果呢,你们现在还是要分开。早知如此,当初你们为什么要生下我?"

史教授在一旁欲言又止,我转向他,用更凶狠的声音向他发飙:"你更荒谬!别人生不出孩子关你什么事?你为什么要自告奋勇跳出来?你为什么要做捐赠者?表现你的大爱无疆吗?你想过没有,有个小女孩会因此诞生,她也是你的亲生女儿,和平狸一样的!你对平狸那么好,但在今天之前你甚至不知道我的存在!"我的最后一句话像是子弹击中了史教授,他的脸色瞬间变得煞白。

"我恨你们,恨你们每一个人!"绝望和愤怒的情绪在我心中肆虐,我猛地抓起果斗里的水果刀,其实在我的计划里我绝没想过要伤害自己,但是看着愧疚得抬不起头来的爸妈,看着完全说不出话来的史教授,难道一定要我图穷匕见愤怒咆哮,他们才能正视我的存在,察觉我的重要?我狠狠地举起水果刀割开自己的手腕,血从动脉中喷出,妈妈尖叫起来,史教授和爸爸一起向我奔过来,但他们根本没机会走近我,一直站在角落静默不语的平狸忽然冲出来,他推开史教授和我爸,他夺下我手中的刀,然后紧紧压住我的伤口,我看到他的蓝眼睛湿漉漉的。

"死丫头,他们都对不起你,但我没有呀!你为什么要这么做?你还有我呀!"平狸说。

对哦，我还有平狸。我终于明白我为什么会那么喜欢平狸，我总是觉得他亲近，只要和他在一起我就觉得特别的快乐、温暖，还有安全。我将脸靠近平狸的臂弯："平狸……哥哥……"

尾声

住院期间，爸妈和史教授轮番照料我。爸妈告诉我他们已经决定和好，史教授则请求我原谅他，希望我可以给他一个补偿我的机会。

其实，在那天火山爆发式的发泄之后，我找回了自己的平静，我已经不太在乎他们怎么对待我，就像平狸说的，我马上就要成年了，不该再像个奶娃娃似的纠结于父母是否爱我。人不能选择自己的父母、决定自己的出身，但可以选择自己的前程、决定自己的未来。

我决定，为了自己，哪怕仅仅为了我自己，我也要好好地活下去，像平狸一样，活得光明和灿烂，给自己温暖，也给别人温暖。

生命就是一场披荆斩棘的前行，所以每个人心底都有一段伤，当伤害已经产生，我们能做的，便是静候它弥合，然后坚信伤痕累累的自己一样可以幸福。

玻璃

十九岁的禾岚是个坏脾气的姑娘。那时她家仍住在郊区，民居挨着民居，类似棚户区的地方。当然并不是真正的棚户区，还没脏乱差到那种程度。因为对拆迁心存期待，所以大多房子都翻盖成二层小楼，外墙壁都刷得雪白，单看的话每栋小楼都不错，但根据楼与楼之间那种挨挤的密度，消防车绝对不可能顺利开进来。

住在这里的人的职业也五花八门。公务员也有，国企的职工也有，开小店做生意的、开出租的都有。

如果坐直升机鸟瞰，会觉得这里是顽童用积木随意拼搭起的居民区。禾岚家就是其中一栋房子，算上不能直起腰走动的阁楼的话，一共有三层。底下两层都是参照老公房的样式，进门是客厅，无入户玄关，客厅左边是厨房、卫生间，客厅右边是两间带朝南阳台的卧室。

家里收拾得很干净，但摆设死板，如果这房子是一个人的话，那么用"面目可憎言语无味"来形容它绝对不算冤枉。

禾岚一家三口住在小楼房的二楼，一楼住的是奶奶。奶奶非常非常老了，虽然禾岚始终没弄清奶奶是哪一年出生的，不过奶奶脸上手上密密麻麻的皱纹加在一起都能绕个毛线团了。奶奶总是窝在家里，因为有些耳聋，所以她也不看电视。不知是家族遗传，还是一个人在家闷出来的，渐渐出现老年痴呆的症状。

一次，奶奶在自己卫生间里洗脸，开了热水忘记关上。太阳能热水器储藏的热水因此全部用光了，禾岚爸爸回到家没有热水洗澡，很生气，干脆就把一楼的通连热水器的水阀给关了。此后，奶奶要用热水就只能自己烧了。

玻璃

奶奶越来越苍老，家族会议后，暂时没有工作的姑姑被派来给奶奶每天烧一顿中饭，没过多久，姑姑就到处哭诉："老太婆现在脾气太古怪了，伺候她还要给她骂！"奶奶就只好自己解决吃饭的问题了。

禾岚爸妈的工作都很一般，准点上下班，也都不照看奶奶，总说，忙呀忙。没人指责他们什么，反正那几年全国人民的口头禅都是哎呀好忙好忙。

风华正茂的禾岚不知道年老体衰的奶奶一个人过着怎样的生活，她也不想知道。

一次从学校回来，禾岚被奶奶堵住，奶奶颤颤巍巍笑着对禾岚说："你去小菜场给我买两个馒头，奶奶肚子饿。"说着打开一个旧手帕包着的小包，里头装着一些零钱，奶奶试图捡一些钱出来给禾岚。

禾岚伸手一挡："什么呀，烦死了。"说完就径直上二楼去了。愧疚的情绪也不是没有，仅是一闪而过，更多的还是厌恶。

二

房子刚刚翻建好的时候，在预定的正式搬家的日子前几天，禾岚抱了一只枕头，一只她最喜欢的小熊，一套换洗衣服，简单的洗漱包，提前住进了什么家具也没有的新家。

白得刺眼的墙壁，光洁得可以映出影子的地板，禾岚在自己那间卧房里开心地从这头滚到那头。初夏的天气，到了晚间，空气里满是让人觉得舒服的微凉。禾岚觉得她已经爱上了这个新家了，就算周围的环境那么嘈杂混乱，可是这个家看上去如此崭新，禾岚心中充满了一种说不出的振奋感。这些日子来一直充斥在心间的，因为只能去未

流大学读书而产生的耻辱感,似乎被冲淡了。

那种对于新的未知的生活的清新而又强有力的向往,后来禾岚一直记得,像记住一个特别美妙的梦一样。但是据说,失望的根本原因都是你先有了希望。

末流大学也不是浪得虚名的,学校差劲,老师差劲,同学们之间似乎展开了看看谁更颓废更下流的比赛,去课堂上课是给老师面子,作业不抄的话怎么可以?考试时成群结队地作弊,像在做某种游戏。

也许对别人来说升入大学就是人生翻开了新的篇章,但读了半学期后,禾岚无论如何找不到那样的感觉,那种向上的、变好的,一步步向前的感觉,她只有被卡住的感觉。当然,她也可以同流合污、有样学样,可那就是堕落了。

禾岚成了学校里不合群的女生。住校的她每周末都回家,搭乘拥挤的公交车,一路颠簸回到城中村里的家。有一天,她油然而生一种恐惧感,也许这就是她的宿命了,一辈子只能陷在这样狭小的格局里。

大千世界那么精彩,但会不会,会不会真的都和她无关?载厚时不时打来电话,对禾岚来说有点像井底能看到的那一角天空。

三

石载厚一家早就搬走了,而且一再搬家,越搬位置越好。

禾岚记得很小很小的时候,载厚时常被反锁在家里。那时的人都是大门外加一道防盗门,载厚妈妈反锁的是最外边这道防盗门,载厚可以透过防盗门的网格向外张望,总是一副可怜巴巴的样子。

玻璃

那时禾岚不明白载厚妈妈为什么老锁着他,后来才懂得那是因为他妈妈不希望他和门口这些野孩子一起玩儿,怕被带坏了。什么工厂工人的孩子,出租司机的孩子,小商小贩的孩子,载厚妈妈嘴上不说什么,但心里显然是看不起的。

载厚一家当时是被迫住进租金便宜的这个城中村的,因为载厚爸爸辞掉工作又去念什么书了。虽然被父母告诫过不要去招惹那个小男孩,禾岚有时还是忍不住去看看被锁住的载厚。也不说话,就蹲在门外和他大眼瞪小眼。瞪了一段时间后,载厚问禾岚:"你叫什么名字?"

"禾岚。"

"河南?"

禾岚点点头,也不问载厚叫什么:"你拉小提琴吗?"

"嗯,不练妈妈会打。"

"真好。"禾岚到现在都记得她的羡慕之情,也记得曾跑去求爸妈说她也想学种乐器,被爸妈断然拒绝,理由是"那得花多少钱?你把书念好就行了"。

"你能把你的小提琴拿来给我看看么?"禾岚问。

"好!"载厚马上跑进房间。

禾岚等待着,可是还没等到载厚出来,他妈妈就回来了,一边掏钥匙,一边对蹲在一旁仰头看她的禾岚说:"谁家的孩子呀?回去吧。"

后来,载厚妈妈干脆把两道门都反锁上了。禾岚只能听见载厚家时而传出的练琴的声音,还有载厚挨了责骂后哭嚷的声音,作为一个男孩子,他哭起来绝对是不矜持的。

禾岚爸妈开玩笑说,这又是琴没练好挨揍了。不知道为什么

禾岚并不同情载厚,为了这种理由挨骂挨打也没什么不好吧?哪像她,上次因为吃饭吧唧嘴而连挨两个大暴栗,等她眼泪汪汪捡起筷子继续吃饭,她震惊地发现不让她吧唧嘴的爸妈竟然都在吧唧嘴。什么嘛!

可以和载厚成为好朋友完全是因为一个意外。

因为无可选择,载厚不得不上家门口那所不怎么样的小学,禾岚也在那里读书。一天放学的时候,一辆违规行驶的车忽然冲过来,其他小朋友都机灵地闪避开了,只有戴着眼镜的载厚傻愣愣地站在那里,禾岚扑过去推开他。

据禾岚的长辈说,她小时候胆子特别大,一群小孩在外边玩碰到野狗,她是唯一一个不跑,反而捡石头砸狗的。

载厚被救的事传入他母亲耳中,当时旁观者反复对她说:"亏了那个小姑娘呀,不然你儿子就没了。"说得载厚妈妈对禾岚不感恩戴德都不行。

禾岚破天荒地得到了去载厚家做客的邀请。头一次去时她十分拘谨,手脚都不知道怎么放,在沙发上也坐得笔直。后来去的次数多了,也就不在乎了,该怎么样怎么样。载厚妈妈也好像真的喜欢上了禾岚,搬走前特意给了地址,再三对禾岚说,一定要去看他们。

禾岚就真的去了,虽然每次去之前爸妈都会流露出不赞同的模样,当然嘴上是没说什么制止的话,禾岚一直觉得他们有点儿莫名其妙,她每次去载厚家,载厚他们都是非常欢迎的呀。

随着年纪的增长,禾岚渐渐明白了自己父母对载厚一家暗暗抵触的态度。小时候禾岚只是觉得载厚爸爸都是大人了,还像小孩子一样跑去念书很奇怪,载厚妈妈不爱打麻将,也不爱织毛衣,甚至连电视都不

玻璃

看，只要有空就拿本书阅读，很与众不同。其实他们并不是奇怪，也不是与众不同，他们只是另外一类人而已，和她父母完全不同的人。

他们是有追求的、勤勉的，所以工作上才能不断晋升，房子才能不停地换。而她的父母，一直都是浑浑噩噩、得过且过的。认识到这一点，真让禾岚觉得惭愧和痛心。同时，恐慌像在皮肤上切开了一道口子，鲜血般汩汩流出，有着这样父母的她，是不是注定了也只能过这种生活？

高考的时候禾岚是咬牙拼过的，无奈基础太差，还是输了。载厚呢，根本没考，直接保送进了重本。

那年夏天，载厚要禾岚和他们一起出去玩，是载厚妈妈和载厚另外一个好友的妈妈轮流开车，加上禾岚，人数刚刚好，目的地是一座海滨城市，他们准备一路开一路玩过去。

"费用什么的，岚岚你不要担心。"言下之意就是完全免费的哦。

禾岚拒绝了。如果她要和他们一起去玩儿，她就会出自己那份费用，如果她出不起，她就不去！

载厚一结束旅行立即来找禾岚，给她带了一串白色贝壳做的手链，其实是很普通的礼物，但禾岚看着载厚从衬衫贴胸的那个口袋将它取出来，立刻觉得不普通了。

"戴上看看。"禾岚戴上了，本来就细腻光洁的手腕一下子好像被什么照亮了。

"真好看。"载厚伸出手轻轻碰了一下。

虽然一直是粗枝大叶的女孩子，但那一刻禾岚还是感受到了周围氛围的微妙变化。其实小时候她和载厚经常手牵手过马路什么的，可是刚刚载厚的手指碰到她的手腕的时候，禾岚却有了不同的感受。像闪电悄无声息地划开漆黑的云层那样，禾岚第一次产生了"载厚也许

205

是喜欢我的吧"这种念头。

载厚向禾岚讲述着旅途中的种种趣事和见闻。禾岚静静地听着,时不时配合地微笑一下或点点头。

肯德基里灯光雪亮,空气沁凉,让人感觉不到这是炎夏,好像是被从现实世界隔离出来的另外一个小小的空间,禾岚看着坐在对面的载厚,忽然希望时间可以就这样暂停下来。

"哎呀,这么晚了,要回去了。"载厚抬起表看了看,说。

禾岚陪载厚一起走到车站,等车的时候,载厚问禾岚:"怎么一直都不太开心的样子?"

"没有呀。"禾岚强打起精神。她差一点儿就说出"如果我也像你一样考进重点大学我也会和你一样兴高采烈的"这种赌气的话。刚刚载厚在说出游的事情时,无意穿插着提及因为特别优秀的缘故,他第一年的学费已经被免掉了。就算要交学费,重点大学的学费竟然比她即将去读的那所莫名其妙的所谓大学要少上很多,并且重点大学里奖学金种类繁多,真正厉害的学生完全可以不花一分钱就念完四年大学。

这算什么,禾岚荒谬地联想起"有钱的越有钱,穷的就越穷"这种用来形容贫富不均的说法。

车已经快进站了,但载厚没有做出准备乘车的动作,他仍看着禾岚,有些担心的样子。

"快点儿上车,这可能是最后一班了。"禾岚催促着。

载厚忽然伸手捏住禾岚的脸颊:"你呀,一晚上都没笑过。"

禾岚感觉嘴角被强力提了起来,然后载厚松开手,跳上了车。禾岚呆呆地看着公车驶远,刚刚……感觉自己像是变成了小动物被人玩弄了一番似的,载厚从来不会这么轻佻,他一直都是人如其名,稳重敦厚。

四

缴足了学费，分到了宿舍，不同的课在不同的教室上，班主任变成辅导员，看上去好像是过上了传说中的大学生活，如果不是因为载厚不断地提供另外一种截然不同的参照，禾岚也许能自欺欺人地混下去。

对学校不满这种话在家里是提都不能提的，禾岚父母都没念过大学，相识的亲友也都没有，在他们看来能上大学就挺了不起的了，更何况还花了那样大的一笔钱。禾岚也知道爸妈不容易，拿的都是死工资，攒下一点儿钱真是要靠节衣缩食。

一年前还曾对这个处处刷得雪白的新家充满了欣悦之情，但现在每次回到家禾岚都觉得压抑，她和父母很少交谈，和奶奶更是如此。

二十岁的禾岚唯一能连续十几分钟说话就是在和载厚通电话的时候。载厚说他最近在忙着学英语。禾岚以为他要考四六级。"不，是准备出国的考试。""才大二，出什么国？"禾岚不能理解。

"啊，是要提前一年的时间准备，我们学校是有这样的先例的，如果学分修够了，又被国外大学录取了，可以提前毕业的。"载厚说。

啊，禾岚握着已经有点儿发热的电话听筒，突然不知道怎么把话接下去

在隔壁房间看电视的父母不知道看到什么好笑的内容，一起哈哈大笑起来。隔壁家养的那条很凶的狗大声地吠叫着，还有不知道哪家打麻将的声音也隐隐传过来。

"岚岚？禾岚？断了吗？"一直听不到禾岚的声音，载厚最后咦了一声，挂断了电话。

这之后载厚很少和禾岚联系了,禾岚知道载厚很忙,正为了一个具体而美好的目标奋力地忙碌着。她呢,依旧像被困住了,困在无形的牢笼里,不过正是因为无形才可怕吧?因为连怎么挣脱都不知道。

不喜欢现在的学校,那么她又喜欢什么呢?载厚已经明确地知道未来他要出国继续深造,她呢?她的未来呢?反正她不能模仿载厚,她没有那样的积累。能上重本和不能上的人之间,差距绝对不仅仅是运气呀。同时她也绝对不想重复父母的人生。所以,她到底想要什么样的未来?其实这个问题还不算残酷,更残酷的是——她有资格要什么样的未来?又该怎么去要呢?

三

奶奶去世了。

禾岚向学校请了一个礼拜事假,在这短短几日里觉得自己像是看透了世间百态。

"卧床好几天了,还是邻居来找老太想和她说说话,这才发现的,躺着不能动了,痰吐得到处都是,床边都有。你想老太一直是多爱干净的呀!"有人这么窃窃议论。

奶奶被送到医院后,医生说是全身多器官衰竭,治当然是能治,不过……言下之意是,不过是花钱多买几天。于是,奶奶又给拉回家里了。

爸爸和姑姑他们都说,是老太心疼我们,不舍得我们花钱。真的是这样吗?奶奶已经完全不能说话了。禾岚看着她陷在枕头里干瘪枯槁的脸,觉得她有点儿像陌生人。

玻璃

回家后又拖了几日，这次子女们都不敢怠慢了，轮流守着。不能进食的奶奶一天天瘦小下去。禾岚越来越不敢去看变得像干尸一样的奶奶。

"老太过去了。"姑姑这样向大家报告，声音里有种奇怪的兴奋。于是瘦得只剩一把骨头的奶奶的身体被搬到了早就准备好的寿板上。和奶奶同辈的一些亲戚得到消息陆续赶来，有人发现寿板上湿了一块，怒气冲冲地嚷起来："老太还没断气怎么就搬过来了？太不像话了！"

禾岚记起曾在哪里读到过，人在临死前一刻，身体所有肌肉都失去控制，是会大小便失禁的。

葬礼轰轰烈烈的，远近邻居都被惊动了，该来的不该来的都来了，有些女人还打扮得很漂亮，完全当这是一个愉快的社交场合。

奶奶所有的孩子都争先恐后地忙着，生怕别人觉得他们不能干似的。鞭炮轰天地放，流水席开了，天开始下雨，淅淅沥沥的，云层暗晦。也不知是谁出的主意，要禾岚他们这些孙辈一桌一桌去跪席。别人好端端地在桌上吃着饭，禾岚他们几个大小孩子却要向这些也不知道和自己到底有什么关系的人磕头。奶奶躺在病榻上时也没见有人要求他们几个去跪下磕头呀！

禾岚觉得荒谬。在她身侧的表姐"扑哧"笑出声来，越笑越忍不住，却没人指责她。表姐比禾岚年长几岁，嫁了个有钱人，虽然那人在禾岚看来就是个土鳖，但全家族人都对他奉若神明，连带着表姐的地位也水涨船高。

一片欢腾的葬礼终于结束了。禾岚觉得脑袋里轰轰的，很吵，却又一片空白。这是禾岚的第一个至亲离世，也是禾岚第一次真正经历一场葬礼。好奇怪，为什么葬礼上人人有说有笑，就算哭了，也是一

边哭一边唱,没有人真正地伤心,一个都没有,甚至包括禾岚自己。守着弥留之际的奶奶,亲眼看着奶奶离世,她不是一滴眼泪也没掉过吗?看无聊电视剧时她都能哭得满脸是泪的呀。

载厚在葬礼结束后不久打来电话,禾岚告诉他自己的祖母去世了。

"什么?"禾岚听出载厚声音里的波动,"上次我去奶奶还给我做了小葱煎饼呢。"载厚一直跟着禾岚喊她的祖母为奶奶,"怎么会这么突然?"

禾岚想提醒他那已经是一年之前的事了,但此时听筒里传来载厚哭泣的声音。

禾岚想说"别傻了那又不是你亲祖母",可是话还没出口,眼泪已经掉下来。恸哭的同时禾岚觉得释然,其实她并不是自己以为的那么麻木不仁、铁石心肠,爸爸他们应该也是这样吧,对于奶奶的离世,内心深处他们应该也是极度伤心的,可是,他们早就放弃了去倾听内心深处的声音了。

六

不想去那所学校上学,念完了又怎么样?那种学校的毕业证不是通行证,好一点儿的地方都不可能认可的,那不过是一张纸!禾岚在心里一遍遍演练着想要和父母摊牌的话。虽然还未想好不念书了要去做什么,但她会想到的。

正值春夏两个季节的转变期,气温一天天攀高,楼下的房子已经招到了租客。吃过晚饭,禾岚爸妈坐在客厅沙发里一边看电视一边小声谈论什么。

玻璃

"真没花到我们什么钱。"

"怎么会呢？"

"老太那个床头柜子里有近两万元的现金。"爸爸说。

禾岚听得一愣，脑海中忽然掠过奶奶颤颤巍巍地打开那个手帕的画面，帕子里包着的一块两块的零钱。她怎么攒下的这么多钱？说到底奶奶连葬礼都是自己给自己支付的。

"对了，禾岚刚刚你想说什么？"妈妈的视线从电视上移开。禾岚直了直背："我想说，咳，嗯，"她最终鼓足了勇气，"我想退学。"

那场争执的激烈程度足以令前后左右所有邻居都在家里竖起耳朵凝神偷听。

"你这是逃避现实！"爸爸说。

"你别作怪了！"妈妈说。

禾岚不知道到底是因为她太不会表达自己了，还是和父母进行理性交流根本是件不可能完成的事，她费尽力气还是无法让他们明白她现在心底的灰暗和绝望。争执终结的方式很戏剧化，一个耳光，禾岚被打的那边脸肿了起来。

后来，禾岚仍照旧一到周一就去学校，她假装上学，实际上只是到处晃荡。而学校那边只要有收到学费，其他的才懒得多管。也不知道和谁赌气，禾岚学校宿舍也不去了，在青旅租了床位，生活费很快花光了，就开始动用自己这些年积攒的压岁钱。其实一共也没多少，等这些钱也用光了，该怎么办呢，禾岚不知道。她觉得脑袋好像已经丧失了思考的功能。周末照旧回家，父母以为禾岚是从学校回来的，就放了心，叛逆的女儿被彻底打压下去了，他们根本懒得去深究禾岚的日益沉默。据说，人身陷沼泽的时候，越挣扎就陷得越深。

"载厚,是我。"

"禾岚!怎么这个时间打电话给我?"载厚的声音听上去特别高兴,好像禾岚突然给他打电话给了他多大的惊喜一样。

"嗯,我在你们学校大门口呢,要见一见吗?"

"等我,两分钟!"

禾岚看到载厚飞奔而来的时候,心里压抑多日的那种霉菌般的情绪似乎一下子全部被驱散了。

※

他们在载厚学校附近一家很洁净的面馆对坐着吃面,载厚很仔细地把禾岚碗里的西红柿都挑走,又把自己碗里的猪肚都让给她。

放弃框架眼镜而改戴隐形眼镜的载厚看上去清俊了很多。

"不要在什么小旅馆住了。"听完禾岚的倾诉,载厚第一个反应是担心她住在外边不安全。"再和你爸妈好好谈一谈,不行的话,我也帮你去说。"载厚说。

禾岚简直不敢相信:"你不觉得我这样嚷嚷着要退学有什么不对?"

"如果站在你父母的立场的话,我能理解他们为什么反对,但你现在已经连学都不肯上了。"载厚诚实地说,当然他并不赞同禾岚,但她显然已经下定了决心。

"我爸爸妈妈常说,禾岚这孩子身上有一种很多人都没有的勇气,"载厚说,"哪怕是有些莽撞,她总是敢于向自己的目标前进。"

禾岚从不知道载厚的父母在背后是这样夸自己的。载厚的父母确实是一直挺喜欢禾岚的，但他们并没有这样夸奖过禾岚。载厚转述的话是经过他的美化的，没有修改过的说法是：载厚的父母觉得禾岚身上有股蛮气，因为智力有限，眼界也有限，所以很少用脑子去想，反正想也想不清楚，总是不管不顾地去行动，无知无畏。自诩文明的人总是觉得不如自己的人都是野蛮的。

"那不读书了，你以后想做什么？"载厚问。禾岚张张嘴，却答不出来。

这时正巧有个认识载厚的人过来打招呼，那人望望禾岚，问载厚："这位是？"

"我同学。"载厚笑道。

她才不是他同学，他们不过小学在一起念过两年书，为什么不说她是朋友呢？那个熟人走开了，载厚埋头刚准备继续吃面，禾岚忽然发问："载厚你喜欢我么？"

"喜欢。"载厚下意识地说。

"我做你女朋友好吗？"

以后做什么呢？以后就做载厚的女朋友，可以吗？能给她这样一个奢侈的未来吗？

"嗯？"虽然载厚没有说"好"也没有说"不好"，但禾岚还是立即在他含混不清的回答里听出了拒绝的意思。

几秒钟的静默后，禾岚忽然站起来，椅子被猛力向后推动发出了刺耳的刮地的声音，禾岚什么话也没说，掉头就走开了。

蛮气，过去载厚很讨厌父母这么说禾岚，但现在这两个字却自动浮现在他脑海里。身为优秀的高才生，载厚还没正式交女朋友，这个头衔在他心目中是弥足珍贵的，只有最美好的最可爱的女孩子才有资

格戴上这顶桂冠。

载厚真的不想再深想下去,但是,实情确实就是,禾岚呀,她并不够格。

八

翅膀确实是没有长,但脚长在她身上,和父母再三交涉无果,禾岚干脆走人。后来回想这段慌乱而决绝的时光,禾岚不得不自嘲:不管怎么说,她因此获得了和世界首富比尔·盖茨一样的成就,成为半途而废的退学生,可人家盖茨一手建立了微软帝国,她呢?

二十岁的禾岚坐在缓慢前行的绿皮火车上时,一点儿没想到后来她还真的有了完全属于她自己的成就。

下定决心离开家的那天晚上,禾岚做了一个梦,是一个浅浅睡眠中的梦,所以她有部分意识仍是清醒的,知道自己是在做梦。梦中是奶奶年轻一些时候的样子,而她还是个小孩子,奶奶在窄窄的马路那头向她招手,对她笑,然后说:"禾岚,你要好好的。禾岚,你要做你自己。"

禾岚醒过来觉得很荒谬,奶奶是不会说那样的话的,"做你自己"这种想法奶奶这辈子应该都不曾有过,奶奶始终都是逆来顺受,别人叫她干什么她就干什么,别人说她是谁她就是谁。

可是那个大白纸包好的纸包,就是在那天早上由妈妈送到禾岚手里的。纸包上有个歪歪扭扭的"岚"字,应该是奶奶拜托门口哪个小孩子写的。纸包是奶奶留给禾岚的,爸爸他们整理奶奶遗物时找到的。纸包里包着钱。

奶奶总是喜欢把钱包在纸里、旧布头里,一辈子穷苦的她总是用不惯钱夹，更不会去银行，然而她留给了禾岚三千元钱。三千元，在很多人看来简直不值一提，但禾岚就是用这笔钱完成了离家的第一步。

"禾岚，你要做你自己。"也许这话真的是奶奶的魂魄说的，也许奶奶真的一直在某处守护着她。为什么不呢？一辈子被迫沉默和顺从的奶奶，谁曾真正了解过她内心的想法？

九

后来有人问禾岚："怎么会想到去做玻璃工艺品？"禾岚总说因为当时没什么选择，所以碰到什么就是什么了。

禾岚那会儿在一座小城短暂停留，正不知何去何从，地方电视台播放的新闻里出现了一个胡子拉碴、衣服也穿得破破烂烂的老头子，说是想招收学习玻璃工艺制作方法的年轻人，不要钱，还提供食宿，他就是想把这门手艺传承下去。禾岚去了。至此，她的人生进入了一个真正的转折，此后就是一路向上了。

当载厚在某本杂志上看到关于禾岚的采访时，她已经有了自己的工作室、实体店，在一个特定的圈子里有了一点点名气。不算惊天动地的成功，却是可持续的，禾岚自己大概也意识到了这一点，所以照片里的她眼睛里有一层过去载厚从未见过的光彩。

这几年载厚也挺好的，如愿出了国，顺利念完书，也找到颇为不错的工作，但没有达到他自己预想中的那种出类拔萃的程度，毕竟人外有人。几次被比自己更优秀的人击败，令载厚终于明白了现实的残酷。

得知自己没能被最想去的那家公司录用的那天晚上，载厚忽然想起了禾岚，那年初夏跑到他学校来找他，忽然向他提出"能做你女朋

友吗"这个问题的禾岚。

载厚忽然明白过来,那一天的禾岚其实已经被残酷的现实打击得垂头丧气,与其说她想做个寄生虫倚靠他,不如说她真正想获得的是一种支持,一种哪里也得不到的肯定。但是他没有给她。

载厚到现在还没有女朋友,被很多人视为怪异,只有载厚自己知道真正的原因是什么:他是那只路过玉米田的贪心小熊,总是以为自己能摘到更大更好的玉米。

载厚放弃了给禾岚打电话的念头,不管他们之间曾有多深厚的情谊,应该都已经被他撕裂到无法修补的程度了。就算轻视一个完全陌生的人也会激怒对方,更何况他们曾经还是那么好的朋友。

十

给了人无数希望和失望、一直说要拆迁却始终没有拆的老房子最后竟然真的拆掉了。拿到补偿款后,禾岚父母在禾岚的支持下,在一个非常好的地段重新买了房子。虽然自己很少去住,但装修的时候禾岚还是花了很多心思,她太喜欢这种"终于可以在什么美好的地方真正地安定下来"的感觉了。

唯一的遗憾是奶奶不能跟着一起住进去。禾岚知道她现在已经不是那个暴躁的不懂体谅人的女孩了,不会连替奶奶买个馒头这种要求都做不到,她会好好对待她的,可惜,时不我与,再也没有机会了。

每年到了一大家子去祭祖的时候,禾岚不管多忙都会赶过来,并且总是带上两罐上好的肉松。等将墓碑擦拭干净后,禾岚就将肉松摆在前面,口里念念有词:"奶奶快来吃哦,特意给你买的哦。"

亲戚们都觉得好笑，禾岚懒得和他们解释。禾岚是奶奶一手带大的。有一次奶奶和另外一个老奶奶聊天时，禾岚在一旁听见了。奶奶说："那时怀着小六子，哎，最后滑掉了，要住院。医院管饭的，早上是白米粥，配那个肉松，我吓一跳，怎么烟丝也端来叫人吃呀？后来尝了一口，真好吃，真好吃。"

奶奶最爱吃的是肉松，但她的后辈好像没一个人知道，到了逢年过节必须买点儿东西孝敬她的时候，都是去菜场的小摊贩那里买柿饼、桃酥这类十几元就能买上一大堆的东西。都这么敷衍她，她死了都没人替她好好哭一场，除了载厚，他还是个不相干的外人。

那年被载厚那样拒绝，禾岚当然十分生气，那种被嫌弃的感觉就像洗刷不掉的耻辱似的一直粘在她心上，但每每想到她告知载厚关于奶奶的死讯时，载厚悲痛地哭出来的声音，禾岚就忍不住想要原谅他。不管怎么说，载厚都是心地纯净善良的好男孩，也许是她这辈子能遇到的最好最好的男孩子了。

十一

时间又过去了一年，又几个月，又几天，载厚和禾岚竟然和好如初了，起因是禾岚主动给载厚打了电话。听到电话里传出的是禾岚的声音，载厚不由得咬了咬嘴唇，确定自己并不是在做梦。

"禾岚？"

"是呀。不是河南省那个河南，你懂的。"禾岚语气轻快地开玩笑。号码是载厚爸妈告诉她的，她一问，他们立即就告诉她了。

其实在拨通这个电话之前，禾岚都不知道原来她实际上已经变成

了这么自信的人,就算是过去曾经看轻过她的人,她也能如此磊落地对待,不带一丝怨恨,也不抱有过多的期待。

尾 声

"为什么想到用玻璃作为创作的材料呢?"

"因为只要有高温的熔炼,只要有足够的耐心,只要潜心地修习,这样平凡廉价又脆弱的材质,一样可以被创造成精致绝伦的艺术品。"在下一次接受采访时,禾岚给出了一个截然不同的答案,"我觉得这和我自己很像。"这个回答听上去有点儿自大,但接下去禾岚又说,"和很多人都很像。"

附录：妈妈咪呀

一

我知道对妈妈而言我永远只意味着一件事：她的孩子。

可是妈妈对我而言呢？身为一个受过教育的人，我不得不承认，客观地说：在妈妈孕育我时，我是名副其实"寄生"在她体内的一个入侵者，没有她的血肉供养，我连长成人形的机会都没有。

终于结束寄生状态呱呱坠地后，首先我会拿她当"粮仓"，然后我会拿她当"猫爬架"，好容易我双脚着地，能正式直立行走了，她依然无法摆脱我。出生时咔嚓一剪刀剪断的脐带其实从未真的断开过，她和我之间这种无形的连接始终蕴含着异常强大的精神力量。

倚仗着这种连接，在我长大成人的整个过程中，我都可以像藤蔓依附大树那样，拼命汲取她能给予我的一切养分。而她总是给予，毫无保留，毫无怨言。如果撤去母女关系，任何一个人为另一个人自我牺牲到这种地步，都会像个大傻瓜。

二

她很小就辍学了，因为外公外婆又添了一个儿子，看顾不过来，钱也不够用，就对刚过十一岁、矮坨坨一团孩子气的妈妈说："你得想办法自己养活自己。"然后妈妈就辍学了，跟着大人们一起下地干活。

那时的她还很矮小，外公为她特制了一副小扁担，她就用这个迷你小扁担去挑水、担粪、种菜。她从不觉得苦，后来我问她，她就光记得工友都拿她当小孩子看待，处处照顾她。还有她盛夏顶着烈日去摘西红

附录：妈妈咪呀

柿，摘满一筐她就偷偷吃一个，小脸埋下去啊呜一大口，又甜又解渴。

妈妈小小年纪，天天起早摸黑种蔬菜，丝毫没妨碍她长成一个元气满满的阳光少女。虽然她始终有点矮小，但身体结实，脸颊上永远带着两团胭脂色的红晕。妈妈曾在火车站被路过的画家拦住当模特儿，她要搁下小扁担，画家说："不，我就是要画你挑担的样子。"

对还是小学生年纪的妈妈来说，能自己挣钱的感觉很棒，每月领到工资后外公外婆允许她自留一点点，她立刻全部拿去买零食：一点儿炒瓜子、一点儿炒米糖、一点儿江米条……牛皮纸包成一个小包裹，她难得自私地不分给弟弟妹妹，找个角落蹲下来，小松鼠一样咔嚓咔嚓抱着吃光。

她从来不觉得童年不幸福，也不觉得同龄人都在上学只有她失学了很可怜。没书念她就自己学认字，后来仅仅上过两年学的她什么书都读得下来。

我妈妈自学能力强大到这种地步，也并没有意识到自己很聪明，所以我一直怀疑她可能缺根筋。因为她真心觉得每天踩土里种种菜挺好的，她是真的不执着于复学。她就天天乐呵呵，有种庄子式的率性，或者说二傻子式的懵懂。

之后没几年，外婆出了严重的工伤事故，死在当场。外婆留给妈妈的，是一堆比她更年幼的弟弟妹妹。

妈妈说那时是真穷，煮一锅饭，上面薄薄一层白米饭，下面埋的全部是番薯，盛饭时搅在一起盛。妈妈有个弟弟不太懂事，每顿都坚持要吃纯米饭，妈妈只好给他刮出一碗纯米饭，为了平衡米饭和番薯之间的原定比例，她自己只能吃纯番薯。后来我这个舅舅对番薯干深恶痛绝，我问妈妈："你肯定更讨厌番薯吧？"

"不会啊,甜甜的多好吃。"她确实到现在都爱吃番薯,隆冬时节,如果买不到街边炭火炉子现烤的,她就买几个生番薯丢进烤箱自己烤着吃。依旧是捧在手心里,被花白头发环绕的小脸埋下去呼哧呼哧啃得不亦乐乎。是的,吃货是我妈妈的基本属性之一。

三

狮子座,属龙,这种女生该多霸气,可想而知。但我从不记得我妈有过任何霸气的时刻。我从未见过她和任何人争执,不管和邻居、亲友还是我爸,她温柔得简直就像春天暖和的空气。

我妈告诉过我,她差点儿把我生在医院走廊里,那天她觉得不舒服就自己晃悠到医院,快走到妇产科的时候我都快出世了。她还信誓旦旦地说,生孩子不疼,就腰有点儿酸。

"稍微酸一下,你就出来了。"

我一脸茫然,可看着表情真诚的妈妈,我觉得我一定要相信她。

我生在夏天,据说是性格最温柔的巨蟹座,但我却经常霸气侧漏,小学时能把男同学打得哭哭啼啼地回家告状,然后同学妈妈再哭哭啼啼地来学校找老师告状。我的性格和我妈截然相反。

妈妈说,外婆工伤去世后,单位的人想赖掉赔偿,是她一个人跑去又哭又跪又闹,足足坚持了三个月,后来终于拿到了现在看起来微不足道的一笔赔偿金。

她从未说过外婆的去世对当年仍是个孩子的她意味着什么。没说伤心,没说想妈妈,只有一次她提到:"生了你们姐俩,要回娘家坐月子,但家里没人照顾我。"

附录：妈妈咪呀

四

妈妈很爱爸爸，虽然她从来没说过。假如我一定要揭穿这一点，妈妈肯定会呵斥我："瞎说什么呢！"而爸爸则会在一旁很给面子地打圆场："不，是我很爱你妈妈。"

爸爸年轻时的模样无可挑剔，浓眉大眼、高鼻梁，深邃的双眼皮，宽宽的下颌骨，牙齿洁白又整齐，头发乌黑茂密，皮肤光洁，宽肩膀、大个子，简直是行走的荷尔蒙。他好看到第一次上门见家长时就被外公嫌弃了，嫌弃他长得太好看。

妈妈没和我说她第一次见到爸爸时是不是心如鹿撞，总之她很快就嫁给了他，很快就有了孩子。当时爸爸在很远的地方工作，每半个月才能回家一次，爷爷惹上官司之后又患了重病，他一点儿都算不上一个合格的结婚对象，妈妈嫁他完全看脸。

受过完备的高等教育的姐姐和我，是绝对不会傻到光看脸就嫁人的，妈妈完全相反，她的基本属性之二就是看脸认人。

幸而，年轻时的爸爸虽然外表英俊，内心却糙得一塌糊涂，从来不会在外惹上桃色纠纷。妈妈虽然稀里糊涂就嫁了，却也稀里糊涂地收获了终身的幸福。她没考虑过风险，于是风险就像不认识她一样，从来不曾找过她。

我觉得在这一点上，妈妈应该比世界上很多女人都幸运，她嫁的就是她心目中的如意郎君、盖世英雄，并且相守相依几十年的光阴，同甘共苦相互扶持。

爸爸性格急躁，但我很小的时候就会用"相敬如宾"这个成语形容父母间的关系，因为他俩根本不吵架，妈妈永远让着爸爸，就像仰

慕者对自己的偶像一样,什么都能包容。

我青春叛逆期时曾经很嫌弃这样低姿态的妈妈,觉得她非常不女权。可是不女权的她收获的人生果实却是夫妻和美、孩子孝顺。

我回忆童年的时候,总感觉像是回到了甜蜜的糖果屋内,连照亮窗户的阳光都带着甜丝丝的味道,正是因为爸爸妈妈真心相爱,他们才能营造出温馨和睦的家庭氛围,将小小的我妥妥当当地安置其中。

世事无常,人生的风雨,身为父母的他们能为我挡住的一定比他们希望的要少,但他们在我最需要保护的时候给了我最好的保护。是他们携手一起,给了我一个完美的童年。

三

我的出生完全是个意外。因为当时家里已经有了一个女儿,而我姐姐恰好又是那种所有父母心目中的理想孩子,健康聪明听话乖巧,所以他们根本没有再要一个孩子的打算。

但因为妈妈怀我时没有任何妊娠反应,以至全家人都被蒙在鼓里,等她意识到我的存在时,我已经大到不能轻而易举摆脱的地步。

当时除了奶奶,没有人坚持要留下我。爸爸也觉得我可有可无,但他不忍心让妈妈去引产,这为我争取到宝贵的生存机会。

然而,妈妈工作单位里专管计划生育的人员找上了门,向我妈分析利弊:若执意生二胎,罚款不算,还要降工资,甚至可能会被开除。

妈妈想了想,就找来一根绳子。

"妈妈你为了留下我竟然以死相逼?我太感动了!"我在一旁插嘴。

"不是,我是想跳跳绳,看能不能把你跳掉。"

附录：妈妈咪呀

她并不是在开玩笑。为了摆脱我，除了跳绳，妈妈还做过如下的运动：小跑、踢毽子、爬上大桌子一遍遍往下跳。

当时已经学会走路的姐姐安静地在一旁看着，当她看到妈妈挺着已经凸起的肚子爬上桌子时，还会奶声奶气地提醒："妈妈小心点，不要摔倒了。"但我妈当时追求的就是摔倒。

总之，最后拉锯战的结果是我赢了，我一直稳如泰山般坚守在妈妈的肚子里，直到足月，全程哭声嘹亮地降世。

妈妈满不在乎地将这些事讲给我听，我像听别人的故事一样津津有味地听完。

我和我妈都不觉得"在她还没正式见到我之前曾经想要干掉我"这种事有什么伤感情的。

所以我才说我经常怀疑我妈可能缺根筋，不然我不可能这么缺心眼。这是关于我妈的第三个基本属性：有点傻。

六

大约所有小婴儿都是狡诈的，本能地会为了生存不择手段，因为在母胎中感受到的动荡，我一出生就是个萌指数爆表的小奶娃。虽然长大后颜值灾难性地崩塌，但整个童年我都是家族里最可爱的小孩。

因为爸爸那边血统有些复杂，我出生后怎么看怎么不像一个纯正的炎黄子孙。浅栗色的头发，又软又蓬松，摸上去像泡泡纱；皮肤雪白雪白；眼睛是琥珀色的，并且罕见的大。亲友家比我年长几岁的小姐姐都自愿当我的免费保姆，抱我坐在腿上，像抱玩具娃娃一样紧紧搂着我，替我梳小辫，让我闭上眼睛然后轻轻拨弄我的长睫毛。

　　凭着这张脸,我轻而易举地征服了我的老妈。我妈对我爱不释手,她不舍得让我一个人睡婴儿床,晚上都是抱着我睡。姐姐很羡慕,也要和妈妈一起睡,但小时候相当霸道的我不允许她一起和我分享妈妈的枕头,妈妈只好让姐姐贴着她的腿睡在床的另一头。姐姐即使不乐意,依然乖乖听话,抱着她的小玩偶贴着妈妈的脚,不吵不闹。即使到了今天,妈妈回忆起这段依然会说姐姐是乖得让人心疼的小孩。

　　不乖的我牢牢霸占着妈妈,不是我吹牛,我爸都抢不过我。

　　爸爸妈妈结婚时是在爷爷奶奶家的老房子,但我出生时已经搬进了新家,带着前后小院子的一排平房。前边院子里有三棵奶奶亲手种下的梧桐树,分别代表她的三个儿子,树木间空余的地方被奶奶修整成漂亮的小花圃,她最爱种的是鸡冠花、凤仙花还有月季。前院贴墙一个小角落还有一个砖头砌墙铁皮盖顶的鸡窝,隔三岔五去追越狱的母鸡是奶奶的日常活动之一。鸡窝被奶奶收拾得暖和舒适,几乎每年都有野猫把小猫崽下在鸡窝里。家里的新鲜鸡蛋永远供大于求,我小时候上学前一定会被奶奶捉住,往嘴里塞一个白水煮蛋。

　　后院则有一个爸爸搭的葡萄架,到了夏天真的能结出累累果实,但都是小小的青青的,并不好吃。

　　我一直都记得,那时爸爸妈妈房间里的床带着四根床柱,漆成红褐色,夏天支上白色的蚊帐,其他季节则光着,于是我躺在妈妈怀里,一抬眼就能看见没有任何装饰的屋顶,由圆形房梁构成的角形屋脊,上面铺叠着整齐的深灰色屋瓦,现在已经很少能见到这么简陋的屋顶了,但在婴幼期的我看来,它是美好的。直至今日,不论圆形的梁木,还是灰色的屋瓦,都依旧会给我带来莫名心安的感觉。

　　而这个曾庇护了婴幼儿时期的我的"恢宏城堡",对妈妈的意义

附录：妈妈咪呀

应该更为重大。这是她人生中第一次完整地拥有彻底属于她的地方。强壮英俊的丈夫、可爱健康的一对女儿，还有在她的操持下一点点成形的小小家园，一切都是崭新的，充满了希望。

并不成套的家具被她擦拭得一尘不染，摆在条几上的黑白电视机和搁在五斗橱上的录音机是当时房间里仅有的电器。爸爸很喜欢摆弄这个录音机，他曾录下我早上不想起床哭闹时说下的童言童语，我说话很早并且非常饶舌，小小年纪却像个老太太一样爱唠嗑儿。这盘磁带是我爸的最爱，他拎着录音机、带着磁带，一家家去亲戚家串门，然后执意播放给每一个人听我那一串吐字不清的废话。

我爸其实也有点缺心眼，用比较文艺的方式表述就是：他把握不住人与人之间交往的界限感和距离感，即使已经是一脸严肃沧桑的老爷们儿了，内心仍是赤子般热情单纯。假如他会写诗，他大概也是会写出诸如"安得广厦千万间，大庇天下寒士俱欢颜"的句子来。亲爹亲妈各有各的缺心眼，汇总在我身上，我就成了一个超凡脱俗的缺心眼。

总之，在爸爸妈妈的联手溺爱下，我无可选择地成了一个被惯坏的小孩。

我会走路了，依然每天贴在妈妈怀里睡。

我会跑了，依然和妈睡。

我都会啃螃蟹和骑不需要辅助轮的自行车了，照旧和妈睡。

我自以为自己依然很小很萌，其实我妈已经对我烦不胜烦，因为我入睡前一定要卷着她的头发才能培养出睡意，被婴儿胖胖软软的小手指缠住头发就像被小奶猫轻轻扒拉几下，无关痛痒，但被一个七八岁的大儿童每晚薅头发，那可是会秃的！

我爸应该早就对我忍无可忍了，他试图和我讲道理让我自己去睡小

床，我回答他的是一串他无法反驳的干号。终于，我爸放出了大招——

一天放学前老师把我叫到讲台旁，然后问了我一个问题："你今年多大了？"

"八岁啊。"

"老师教了这么多年书，从未见过哪个学生八岁了还非要每天和妈妈一起睡。"老师似笑非笑地看着我，"要不你问问别的同学，他们现在还和妈妈睡一起吗？"

全班同学爆发狂笑，用各种不同的音量否认："不！""没有啊！""哈哈哈，怎么可能啊！"我的眼泪当时就淌下来了。

这是我人生中最为屈辱的一段经历，至今没能被超越。当晚我就大喊大叫向爸爸妈妈宣布了以后我都要一个人睡觉的决心。

我至今依然清晰记得被迫独立睡觉的第一晚：被窝是凉的，枕头是凉的，因为一直在流泪，所以我的脸也是冰凉的。我记得那是一个千里冰封万里雪飘的隆冬腊月……我妈说："别鬼扯，那时是春末夏初，天气可暖和了。"

暖和的风中带着花朵绽放的香气，这是春天带给人间的感觉，但假如让八岁的我闭上眼睛，立即说出关于母亲的定义，我一定会脱口而出："妈妈啊，是暖暖的香香的。"

这是关于我妈妈的第四个基本属性：美好。

×

我一直笨拙得像自带基因缺陷。小时候跳舞，别的女孩轻盈得像蝴蝶，我怎么看怎么像个移动的正方形。

附录：妈妈咪呀

正方形也就算了，演出前换衣服，我一把将内裤和外裤全脱了，换上演出服都没意识到自己光着屁股，老师们发现不对劲，焦头烂额地满场帮我找裤子，差点儿因为我一个人耽误整场演出。后来老师不让我跳舞了，让我演小品，演啥呢？演小熊。据说我演得惟妙惟肖。

笨拙的我完全和妈妈南辕北辙。妈妈娇小且灵巧，她说她年轻的时候走路都带着小跳的，别人觉得她像小鹿般轻盈矫捷。

原本我以为妈妈是厚脸皮地自我吹嘘，但后来和她一起去游泳，我发现游在她旁边的人都是手臂一划就激出好大的水花，妈妈则是划出去一圈浅浅的涟漪，因为动作太轻巧，她整个人不像是游出去的，而像是顺水淌出去的。

我呢？我只要一入水就像个犯了癫痫病的溺水者，分分钟惊动原本气定神闲的救生员。

这是关于妈妈的第五个基本属性：灵巧。

妈妈太过灵巧而我太过笨拙，直接导致了一种后果：她从不让我做任何家务。家里的亲友都指责她太溺爱我，实际上她是看不下去我连扫帚都拿不好的蠢样子。

种瓜得瓜。我妈在养了我二十多年后不得不面对一个令她眼瞎的局面：每次她推开我家大门时映入眼帘的是如同飓风过境后的图景。

"我每次去你家都要先做好心理准备，但即使这样，血压还是会升高。"妈妈这么向我抱怨。

可是我能怎么办？我也很无奈啊。我爸或我妈都是很爱整洁的人，家里的地板永远光可鉴人、东西各归其位，两人出去玩收拾的行李箱，打开都是教科书般的收纳展示，姐姐也爱整洁，但我一直很邋遢。对于这种"异变"，我能想到的最合理的解释就是：一定是某个一辈子走

229

"放荡不羁爱自由"路线的老祖宗的基因在我身上死灰复燃了。

即使这几年我已经痛下决心改变自己家"非人"的居住环境,并且小有进展,但我的衣柜里始终有一个大抽屉专门用来放置我在家穿的衣服。是各式各样可爱又舒适的家居服?不!都是各种胸前沾染上再也洗不掉的油污、茶渍的背心、T恤、衬衫、毛衣……即使是很好的品牌,也都被我糟蹋得再也不能穿出门。

和我一起在外边吃过饭的朋友都留意到我有一个强迫症似的习惯,会不停地检查衣服前襟。

他们都以为我是爱惜身上的衣服,但其实我是在检查是不是又溅上了什么?有没有粘上米粒?一小截面条?浅褐色的油斑?毕竟我外出可以穿的衣服已经越来越少了。

有一回姐姐把她的儿子交给我照看两周,我妈中途来看了一次,一瞅见她宝贝大外孙,脸色立即变了:"你就让他穿成这样去上幼儿园?"

"我发誓我每天都有帮他洗衣服!"我极力为自己辩白,至于为啥小家伙每件衣服胸前都被我洗出一团团污迹,至今依旧是个未解之谜。

妈妈把宝贝外孙的衣服全部手洗了一遍,晾干后焕然一新,我看得叹为观止,我觉得她不是使用了洗衣液或洗洁精,她用的绝对是某一种魔法。这种魔法一样的清洁能力体现出了妈妈的第六个基本属性:整洁。

八

我的小学离家不远,是一所相当有趣的学校。因为建在山坡上,所以每天上学要先爬一个用水泥砌得光溜溜的大坡子,进了大门就能看见主干道外有一条小小的铺着鹅卵石的小径,小径通向藏在围墙一

附录：妈妈咪呀

隅的一个圆形的花池。池里结着一朵又一朵睡莲，为了保护低年级的学生，花池四周竖着漆成绿色的雕花细围栏。

连通学校大门和教学楼的主干道两侧，密密种植着高大的梧桐树，盛夏时这些梧桐两两相对结成绿色的穹顶，将酷烈的阳光全部遮挡在外。秋天时叶子纷纷落了，光秃秃的枝干看上去有些寒碜，可铺满道路的金色落叶就像华丽的地毯。叶子铺得最厚的时候，一脚下去能没过脚踝。

音乐教室远离两座主教学楼，地势也比其他地方要高上一些，每次上音乐课我们都要爬很多级石阶。比新建的大操场要小上许多的旧操场占据了学校最高的地方，那是一个没有完全被铲平的山坡，周围纷纷杂杂长满各种树木，钻进去才能发现其中有单双杠、有沙坑，还有一个篮球架。

学校四周民宅错落，根据路线的不同我可以规划出至少三条上学、放学的路线，再加上校园内地势的变幻不定，这让每天上学都像一场探险。

我喜欢去学校，春夏秋冬每一个季节、晴天雨天的每一天。和整个学习生涯都是学神的姐姐比，我实在算不上爱读书。我从小就喜欢听大人们聊天，他们用成年人的语言描述出的那个世界总是能像蜂蜜粘住了蚂蚁似的深深吸引我。每天被迫坐在同一间教室内听老师不停地重复同一个知识点，很快就让我觉得无聊，于是我学会了开小差。

教室面向户外的那排窗户成了我的最爱。即使在我不知道"次元壁"到底是什么的时候，我心心念念的就是打破这层壁垒，想钻入梦幻和现实交界的缝隙，尽情地打捞如同云朵和飞鸟般飘浮其中的各种故事。

后来有个代课老师以此为证据，试图给我贴上"弱智"的标签，因

为上课时不愿好好听讲实在罪大恶极,但学校里其他老师都没有响应她。

进入青春期之前,我的人生可谓是相当顺遂。

不知道为什么我就被选上了班长,后来还当了大队委。对于当班干部的事我一窍不通,还经常以权谋私自恃"官员"的身份逃避大扫除。

明明体育不好,却能代表学校拿到不错的名次,因为我参加的项目恰好参赛人数不足,比如只有三个人,那么即使我垫底也能拿到一枚铜牌,这种走狗屎运的事发生过N次。

我还拿过区里小学生自制报纸第一名,当时参赛的学校有十几所,我记得拿了奖之后学校特意在大门口竖了个大牌子以示表彰,但我已经完全不记得我在那张A4大白纸上捣鼓了些什么。

我也曾遇到过不少对我格外偏爱的老师,尤其是三年级时换的班主任丁老师。当时学校的不成文的规定是:年轻的班主任带一、二年级,然后换一个更有经验的班主任从三年级带到小学毕业。丁老师是教语文的,也是学校语文教研组的组长。

我和姐姐从小在学习上都是一点就通,尤其是语感很好,对文字不管是字音、字形还是内在含义都领悟迅速,所以在度过最初学拼音认基本汉字的枯燥阶段,进入实际运用后,我俩都表现出一骑绝尘式的优势。

丁老师大概很高兴每次测试她觉得很难的超纲题我都能顺利答出,所以开始喜欢我。这可是一位相当冷酷严厉的老师。她是当时学校里仅有的一位名牌大学的毕业生,长了一张大家闺秀式的脸,轮廓十分秀美,但不苟言笑,因为视力不佳戴着玳瑁眼镜,不讲究穿着,年纪大了背有些驼,但走起路来步子总是迈得很稳很快。

丁老师算是学校里最特立独行的老师,她对我的偏爱也别具一格。

我小学的时候会打男生,那时我的同桌因为考试试图偷看我的答

附录：妈妈咪呀

案被我揍了一顿。嗯，好吧，其实是好几顿，并且使用了诸如"用圆规腿扎人"这种丧心病狂的招数。然后男生的家长找来学校，控诉一番后，他们表示要找我"谈谈"，丁老师非常坚决地表示拒绝，当时办公室里传出的剧烈争吵的声音几乎响彻整个走廊。

我当然吓得瑟瑟发抖，但男生的家长最终还是直接离开了。这件事以被丁老师单独训斥、我保证再也不打人而画上句号。

现在回头想想，丁老师当时的处理方式明显是在偏袒我，甚至是用不惜把她自己搭进去的方式偏袒我。与她的偏爱相辅相成的，是她对我格外严厉。她本来就是个特别严厉的老师，再"格外"地对我严厉，那种压力真是令人窒息。

然后我就做了一件事。我写了一封信，在某天下课时塞进了她的教案。信的内容大致就是：丁老师你可真讨厌，你听我给你说说你到底有多讨厌……你看看你的罪行是不是馨竹难书？你还好意思为人师表？

当天下午，丁老师再次出现在教室里时，她的眼睛红红的，即使在眼镜的遮挡下依旧很明显，所有人都看出她刚刚哭过，同学们开始窃窃私语，我心里咯噔一下，当时唯一的想法就是：完了，这次好像自己给自己挖了个坑。

这种辱师信，如果丁老师上交给学校，我难以想象会有什么样的处罚落在我头上，记大过？开除？但是，就像我没料到她看完信会痛哭一样，我也没料到这件事竟然静悄悄地过去了。

一直到我小学毕业，和别的同学一起去她家里谢师，她才重新拿出这封信。我当时腿一软差点儿跪下，我说："老师我知道错了，您能把这信还给我吗？"

233

丁老师再度拿出她一贯雷厉风行的态度:"不行!"我腿一软又想跪了。

"你这个孩子!老师觉得你以后肯定能有所成就,等到那时我再把这封信公布了好好羞辱你。"她一边说一边用信拍了拍我的脑门。

这件事,就这么一笑而过。当年我一点都不懂,老师对我的宽容,是一个称职的长辈对心智未开的晚辈的宽容,是一种类似于母亲的爱。她应该是在我身上看见了与她相似的一些特质,比如我们都有些头角峥嵘,对抱团不屑一顾。就像在夜空发现了星光一样,她看到了属于我的闪光点。

特立独行的人向来是人情社会中的怪胎。别的老师背地里议论丁老师的私事,甚至都不避讳学生,我不止一次听见她们八卦丁老师这么大年纪了还要和她丈夫分居。但她依旧我行我素,坚持自我。

长大后我才明白她是对我最好的老师,她真心想指引我走向正确的人生道路,但缺心眼的我却做出了伤害她感情的事。我一直相信那种"小孩子有时会很残忍"的说法,因为我曾经就是一个残忍的小孩。

人之初性本善,这六个字只能适用于一部分人,比如我妈,她是那种天生善良的人,绝不会做出任何伤害别人的事。但我不是,我是一个善恶一团混沌的人。正是这种混沌,在我进入青春期后,为我带来了灾难级的大麻烦。

九

人类进入青春期后,剧烈变化的不仅仅是身高、体重、外貌以及种种激素,还有大脑。我的脑内那几年显然动荡得太厉害,以至于出

附录：妈妈咪呀

了类似线路接驳错误或是电池漏液之类的纰漏，于是乎我的整个青春期就是一笔糊涂账。

我开始变得时而沉闷抑郁时而狂躁不安，所有症状都符合"双向情感障碍"。这还不是最可怕的，很快我出现幻听。各种声音乱纷纷地在脑海中响起，有熟悉的，也有完全陌生的声音，说着一些我完全摸不着头绪的事情。除了入睡的时间，这些乱七八糟的声音无时无刻不在脑海里回响。

这已是典型的青春期精神障碍的初期症状了，但当时心理医生仍是只存在于肥皂剧集里的虚构职业，我不知道向谁求助，也不知道怎么求助。我甚至不知道脑袋里总是塞满奇怪的人声算不算不正常。

当然，如果那时心理医生就很普及，他们一定可以在我身上赚取很大很大一笔诊金，因为很快我又出现强迫症的症状，总是不停地检查门有没有关好、学号有没有写对。接着是妄想症状：只要一走出家门，我就觉得每个路人都在监视我。如果给那时的我做一个脑部扫描，一定会发现我的大脑前额叶正不停地发生小型的爆炸，炸出一个又一个坑洞。

那是无比难熬的一段时光，每一秒的痛苦都是刻骨的。这还不是最吓人的，因为接下来我又干了一件事：我开始自残。

我一直有个小毛病，很容易流鼻血。虽然我坏习惯一大堆，但抠鼻子真不是其中之一。父母带我去看过好几次医生，最后确认症结是毛细血管太过脆弱，很容易破裂。所以在天气干燥时，哪怕是洗脸水太热、早晨起床揉眼睛太用力甚至是忽然打了一个喷嚏，都能令我鼻血长流。

久经历练后，不管干啥都笨手笨脚的我却能非常敏捷地止住奔流的鼻血，爸妈也渐渐对我动不动"又流鼻血了"的哀号充耳不闻。

有一天我洗脸洗到一半发现鼻子又出血了，这次我没立即止血，

　　我只是关掉了水龙头。然后看着鲜血一滴滴溅落在白色的瓷盆里，一种说不出是麻木还是平静的心情，令我就那么看着。

　　滴答，滴答，滴答，时间的流速被血滴的声音标注，脑中像是塞进了整个古罗马元老会的嘈杂噪声短暂地消失了。

　　我开始反复做同样的事。很快我开始面色惨白，父母把我拎去医院，血检的结果是我的血色素已经低到需要卧床的地步，医生勒令我立即入院。

　　年轻的主治医生要求我做的第一项测试是骨髓穿刺，因为怀疑我得了急性白血病。爸爸的好友就是白血病过世的，爸爸见过那位叔叔做骨髓穿刺时的惨状，于是他恳求医生先给我做别的检查，因为我除了贫血并没有显示出任何疑似血癌的症状。但医生表示不做穿刺就不给我做后续治疗，爸爸一怒之下带我出院，转而求助中医。当时情况比较紧急，来不及四下打听，就直接去省中医院挂了专家门诊，这次我运气很好，碰到一位好医生。他给我搭了脉，很肯定地告诉我爸妈：脉象有力，孩子没有大问题，只是贫血。然后开了药，每天煎服。这次服药的经历令我永远不会再相信"中医见效慢"的说法，因为我服药大半个月后，血色素就大幅度回升，与之相伴的是，我暴长了20斤，一天一斤，猪贴膘都没这么快吧？

　　在我贫血最为严重的那段时间，每天睡得迷迷糊糊的时候都能感觉到有人在探我的鼻息。在那一个多月，爸妈都无法安睡，我的任意妄为激发了他们最疯狂的想象力，他们很害怕我会突然在睡梦中停止呼吸，第二天留给他们的是一个冰凉的死孩子。

　　老中医妙手回春之后，我再也不敢玩那种自我伤害的愚蠢把戏。当然，对叛逆期的我来说，与其说我不忍心让父母再次担惊受怕，不

附录：妈妈咪呀

如说我是害怕再暴增20斤的肥肉。

确认我的贫血症得到控制后，爸爸又恢复了经常出差的工作节奏，姐姐开始住校，于是妈妈成了我唯一的出气筒。

满血复活并不能平息我脑海里依旧惨烈的动荡局势，就像一台总是没办法调到合适频道的收音机，串台的杂音交汇出一片喧嚣。

我在学校越来越自闭，不愿搭理同学，不愿再当班长。我已经没有了小时候的狗屎运，也没再遇到一个像丁老师那样对我不离不弃的老师。

不论是身体状况还是精神状况，那时的我根本静不下心来念书，不过很神奇的是依然能考出不错的成绩，除此之外我那些躁狂的表现，搁现在估计会被那些不负责的父母直接送去电击了。

但妈妈默默忍受了一切，她以自己作为缓冲，消除了我冲着整个世界发出的刺耳的噪声。每当我无法自控地暴怒，用几乎能撕裂声带的大嗓门冲妈妈大喊大叫，妈妈总是表现得很平静。她不回应我，也不训斥我，就好像我动用所有力量的狂喊她根本就没听见。等我累得发不出声了，她就轻快地问我："今天想吃什么？"

我的歇斯底里对上妈妈的若无其事，这种打在棉花上的无力感，对我而言竟渐渐成了润物细无声的良药。最后，妈妈完胜。

这就是关于妈妈的第七个基本属性：宽容。

我妈妈这一代女人，不管作为女儿、妻子还是母亲，都有一个共同的特征：是家庭里牺牲最大的那个人。幸而有失必有得，她们得到的是一种叫宽宏的品质，令她们可以心平气和地面对人生种种挫败和不平。与其说这是一种美德，不如说这是一件武器，帮助她们在人生这场通关游戏中化险为夷、克敌制胜。

青春期的精神障碍，听上去恐怖，亲身经历起来更恐怖，但不幸

中的万幸是,这种毛病有很大的概率自愈。对于我那几年到底经历了什么,妈妈说不出个所以然,但她知道我很痛苦,所以她做了她最擅长的一件事——守护我。

即使我渐渐成型的翅膀又丑又锋利,她也从未想过要剪掉它们,强制我变得和别的孩子一样。因为她的宽容,我最终打赢了那场颅内的战役,自行修复了大脑皮层上的坑洞,重新找回自己心智的清明。

十

妈妈有一件黑色纯羊毛呢子大衣,领子是棕褐色的皮毛,是她结婚后不久买的,价值是两百多元,而当时她的工资才二三十块钱。

因为极其珍贵,妈妈一买到手就跑去照相馆拍了张单人全身像留作纪念。也因为极其珍贵,几乎从不见她穿。

妈妈当时下血本买下那件大衣时心中一定充满各种美妙的幻想,比如和爸爸早春踏青时穿啊,晚上一起看电影时穿啊,出去吃饭会客时穿啊。但她结婚后没多久就当了妈妈。大衣就被束之高阁,虽然不穿它,但妈妈每年都精心地保养,二十几年后我翻出这件衣服,一点儿也看不出它年纪比我还大。

除了这件大衣,妈妈年轻时还有一个宝贝,一块上海牌女士机械表,是爸爸送的,这应该是爸爸送给妈妈的第一件礼物,相当没有想象力的礼物,因为据说那时年轻人谈恋爱确定关系后都要送手表。

妈妈的手完全谈不上好看,指节粗大、皮肤干燥、手背上还有凸起的青筋,但她的手腕却侥幸保留了天生的样子,细白圆润,戴上精巧的女士表显得很漂亮。妈妈非常爱惜这只表,每天临睡前都会认真

附录：妈妈咪呀

地给它"上劲"。

那时的妈妈还喜欢做手工，家里茶几上的白色蕾丝花盖巾是她亲手织的，枕套被褥上漂亮的缠枝花纹是她亲手绣的，我和姐姐穿的那些配色可爱、图案别出心裁的毛线裙都是妈妈亲手编织的。

而从小就爱吃零食的妈妈也将这项爱好毫无保留地引介给了我和姐姐。

每个周末的早晨，我和姐姐醒来后，都能在枕头下发现一小包零食。那时妈妈最爱给我们买的就是动物饼干和大白兔奶糖。

还有每次学校组织春游或秋游前的那晚，妈妈一定会充满仪式感的在我和姐姐的枕头下各塞一双崭新的袜子。

我到现在都能回忆起那些袜子的细节，袜子的材质是当时流行的人造纤维的，摸上去滑溜溜的，总是色彩鲜艳，鹅黄、草绿、宝蓝、玫红……布满各种可爱的卡通图案。

妈妈从来没解释过她为什么执着地坚持"塞新袜子"，后来我猜想，会不会是因为她小时候在学校参加春游或秋游时穿了一双令她耿耿于怀的破袜子？又或者她就是纯粹觉得小孩子肉乎乎的小胖脚穿上新袜子特别可爱？

在我和姐姐小的时候，妈妈哪怕牺牲睡眠时间，也要为我俩精心准备各种可爱的小衣服，我遇到不止一个老师，指着我身上的衣服，请求妈妈原样帮她们做一件。

我妈从来没拿两个女儿当作私有物，在我们身上没有加载"必须帮她实现未尽的人生理想"的重负，但她确实是有把我俩当作玩具娃娃的嫌疑。

因为关于我妈的第八个基本属性就是：少女心。

十一

　　妈妈对自己的小家、对自己作为妻子、母亲的新身份，对未来的生活曾经满怀憧憬，如果能具象化她当年心中的种种想象，那一定是一部迪士尼电影的开篇，每一个细节都美好且梦幻。可是随着时间的推移，热切的向往渐渐被现实的生活消磨殆尽，她的人生场景开始切换进入冷硬派文艺导演的镜头，生活就是日复一日机械寡淡地重复。

　　有一天，妈妈骑自行车摔了一跤。当时姐姐坐在车后座绑的小椅子上，她跟着一起摔倒，小小的脚卡进了自行车后轮的辐条里，一向乖巧安静的她声嘶力竭地哭起来。

　　妈妈在好心人的帮助下将姐姐解救出来，急匆匆送去医院，确认了没有大碍，忙到很晚她才得以坐下来喘口气，然后她发现自己身上有些擦伤，还有那块漂亮的女士表的表盘磕坏了。

　　裂纹像擦不掉的蜘蛛丝黏附在曾经完美无瑕的玻璃表盘上。这块表妈妈始终没有送去修，因为走时依旧精准，表盘虽然裂了些许，但仅仅是影响美观，凑合着能用。

　　每天做饭，如果有我和姐姐不爱吃的剩菜，她凑合着能吃。

　　去年那件棉袄虽然旧了，但凑合着能穿。

　　拖鞋底都磨薄了，凑合着还能踩踩。

　　就这么凑合着撙节自己最基本的衣食，可是每年春游秋游前一晚，她必然帮我和姐姐准备一双漂亮的新袜子，在我们睡着后悄悄塞在枕头下，直到我嫌弃地把袜子扔了出去，还笑话妈妈莫名其妙。

　　叛逆期的我，唯我独尊到没发现妈妈鬓角生了白发、颧骨上长出

附录：妈妈咪呀

点点的褐斑，还有她不再清晰明亮的眼神和渐渐喑哑的声音。

人到中年上有老下有小的负担之沉重，我当年不明白，现在也不是很明白，唯一的进步大概只能说是：我终于留意到了妈妈正在老去。

姐姐给妈妈添了个宝贝大外孙，妈妈如获至宝，积极主动地要带孩子。我们阖家出游时，但凡遇到需要上下楼梯的地方，妈妈都会固执地把大外孙抢过来小心地抱在怀里，因为谁抱着小宝宝上下楼梯她都不放心，我们只能跟在后边。

我发现了，妈妈的膝盖在打弯。每跨一个梯级，她的膝盖就要一颤然后一弯，像生锈的轴承似的缓慢地滑出下一步。怎么会这样呢？当年那个在火车站被采风的画家喊住，要求画一画她担着小扁担、跳脱如小鹿的少女呢？

爸爸妈妈退休后做过钙含量测试，爸爸正常，而妈妈的钙含量只有爸爸的一半。接连生了两个孩子，自己一手带大，爸爸虽然家庭观念很重，但因为工作的关系经常不在家，所以家里的大部分事情只能是妈妈独力操持，外婆早早去世，她没有仰仗也没有依靠。到底是有多苦呢？她从来没说过。

不到六十岁的年纪，走路已经带颤了，到底是有多辛苦呢？我猜不出，更无法感同身受，长到这么大除了打字，我的手基本没干过别的事，以至于指腹上连指纹都不太看得到。

我只能说，我明白我是妈妈如此辛苦的原因之一。这就是关于我妈妈的第九个基本属性：辛劳。

十二

亲力亲为惯了的妈妈根本闲不下来,她为了让姐姐有更多的时间打拼事业,坚持要把刚断奶的大外孙带在自己身边,在自己的床边安置了一张小床,让宝贝大外孙晚上贴着她睡。为了保持空气畅通,妈妈临睡前会把她卧室的门推开一道缝隙。

那时我还住在父母家,因为我是夜猫子式作息,所以不止一次发现妈妈夜里频繁起身,哪怕上一秒她还安稳均匀地发出小小的鼾声,下一秒她已经坐起来,俯身探向一旁的小床,将大外孙翻身时掀出去的小被子重新掖好,再轻柔地拍抚他一会儿,这才重新睡下,每夜都要重复几次。

我一直好奇,宝贝大外孙明明连哼唧都没哼唧一声,就胖屁股一歪翻个身,我妈怎么就能立即惊醒呢?

姐姐的儿子交由我妈代为照看的那段时间,始终肥满得像只金元宝,时时带笑,欢欣雀跃,导致我一度很欣慰我们家的二傻子特质终于有了传承。后来宝贝大外孙被我姐接走了,我妈想得厉害,只好一起跟去国外。

之后我买了房子,彻底开始了独立自主的生活。

其实从小到大我都没和妈妈分开过太久,想当然是怪想的,但我不是体贴的小辈,很少主动给她打电话,然后神奇的事情发生了。

我妈主动给我打电话,这没啥神奇的,神奇的是每次她打电话的那个时间点,一定是我心情沮丧或是遇到什么棘手的事情的时候。每一次都是,从无例外。她到底是怎么做到的?

附录：妈妈咪呀

宝贝大外孙睡着了哼唧都没哼唧，同样熟睡着的我妈是怎么立即察觉到他蹬被子了小肚肚要着凉了？

我和她老人家相隔万里，她是怎么精准地感知到我不开心了、不顺利了？

实事求是地说，每个职业小说家都是高明的骗子，我也不例外，忽悠水平的高低直接决定了业务水平的高下。但我的这项"本领"在我妈面前彻底失效，她根本不听我说了什么，仅凭感觉她就能瞬间判断出我有没有撒谎。

报喜不报忧这种煽情的戏码，我至今没有机会在我妈面前表演一遍。我想关于这一点唯一合理的解释就是：我妈有超能力！但这种超能力只能在限定的对象身上起作用。所以，关于我妈的第十个基本属性就是：对于自己后代的心电感知力。

十三

敏感应该是我们家的传承之一，我姐姐也很敏感，但她控制得很好，她从小就懂得平衡"个人和外界"的关系，屁点大就知道想考高分的关键点在于揣测出题人的意图，而不仅仅是写出标准答案，以及说出"不和第二名保持足够距离我就没法有安全感"这种听上去让人又敬佩又想揍她的学霸言论。

我和她截然不同，我选择的是另外一条路。

任性地沉浸在自我的世界，放肆地任由想象力如野草般滋生。小时候姐姐和我都喜欢看连续剧，但她看完就乖乖睡觉，我看完了还要回味不已，还向姐姐炫耀，你信不信我能做个连续剧式的梦来。

姐姐劝告我好好睡觉，我置若罔闻，闭上眼睛专心地胡思乱想，试图控制自己的梦境的内容。第二天入睡前我会想办法回忆头天晚上梦的内容，然后强迫自己接着未完的情节继续做梦。

因为这样，我不知不觉训练出自己做清明梦的能力（这应该直接导致了我后来青春期"脑残史"的诞生），想要成为一个小说家的人生理想因此慢慢成型。

姐姐是第一个知道的，她无条件地支持我，从我告诉她的那天起直到今时今日。她还总是厚着脸皮向别人安利：我妹妹写的东西可好看了！

妈妈没有明确表态。但实际上我人生中第一篇小说的读者就是妈妈。那年我还不满十岁，老师布置了周记的作业，当时我肚子很饿，而妈妈因为有别的事在忙没能及时准备晚饭，于是饿得前胸贴后背的我鬼使神差写了一个被关在马厩里的小孤儿的凄惨故事。写完了我念给妈妈听，妈妈很感动，我说是我自己写的，妈妈完全不信："肯定是课文里的！"

我把周记本拿给她看，妈妈好奇地反问："你是怎么写出来的呢？"

过了几年，到了我小学快毕业的时候，妈妈去开家长会，那天刚巧语文考试的试卷批好了，老师就直接发给家长们，妈妈看到了我写在最后的作文。那篇作文的要求是写一件关于自己的事，我写了自己的画像，自黑的风格玩得不能更溜，妈妈当时就被逗乐了。

晚上回到家她又问我："你怎么写出来的啊？"问完又扑哧笑出声。

关于我的作家梦，家里断然反对的只有爸爸。他觉得这件事极其不靠谱，就像狂风中没固定的帐篷，随时都能被吹得无影无踪。

爸爸总是很严厉，像他这个年龄段的所有父亲一样，有担当、任劳任怨，同时重礼数、爱面子、讲情义，宽以待人严于律己。这个己除了他自己，还有他的俩闺女。虽然姐姐和我小时候他成天出差在

附录：妈妈咪呀

外，根本顾不上我们的学业，但依旧特别理直气壮地向我们提出"任何考试都要拿第一"的要求。

姐姐总是轻而易举让他如愿以偿，我爸更理所当然地觉得他的女儿都天赋异禀，我只要有样学样就能成为我们家第二个学霸。但我，毫无悬念地让他失望了。

失望的次数多了，我的被偏爱的小女儿的地位，在他心里不免就动摇了。但在我妈那儿，这都不是事。妈妈对两个女儿，从来没有任何要求，想学习就学呗，不想学就不学，长大了干啥？能干啥就干啥呗。

当年完全不执着于复学的豁达也用在了自己的孩子身上。她对我和姐姐唯一的期许就是：吃好睡好身体好，一辈子开开心心的。

在我妈妈朴素的价值观里，完全没有出人头地、胜人一筹的概念。这就牵扯出关于我妈的第十一个基本属性：无知。这是一种好的无知，她不觉得自己有什么优点，同时也不觉得别人有什么缺点。

人生有一个终极学习课题：怎么和外在世界和平相处。在这个问题上，我纠结多年却始终没能及格，而妈妈却像一出生就已经拿到了满分，她简直就是天生就达到"不逆寡、不雄成、不谟士"的境界。

也正是因为和周遭世界始终存在格格不入的偏差感，我更加愿意磨砺自己用文字为自己编织藏身之所的能力，不知道该说是因祸得福还是福祸相依，总之我的人生莫名陷入一个走不出来的循环。

我越喜欢独处，就越来越难以融入大多数同龄人欣然接受的生活，就像一列因为尺寸不合而开不进站的火车，而越是被融入现实世界的艰难困扰，我就越愿意和脑海里那些幻想出来的人物和平相处。而当我越来越擅长用文字编织隔绝现实人生的幻想结界，我就越来越没办法抗拒沉浸其中的诱惑。

  我的人生轨迹在不知不觉中偏离了大多数人都会走的轨道，我看过的关于时间的最令我着迷的表述是：时间不是线性的，而是一个圆，开头结尾都已经注定，我们只能在其中回溯不定。

  我曾以为我是主动选择写作的，但长大后回首来时路才发现我是不得不。一个太习惯、太擅长幻想的人的职业选择，其实寥寥无几。

  对于象牙塔里的莘莘学子来说，一味沉浸在个人的小宇宙，对外在世界不屑一顾，绝对是件很酷的事。但身为一个曾经碰得头破血流的老阿姨，我必须负责任地说一句：一点儿也不酷！现实分分钟教会你做人。

  虽然与主流生活保持足够距离、始终站在边缘保持旁观者的立场，不失为一种生活方式，无可指摘，但为了实现这样的生活方式需要付出的代价，真是一言难尽。

  如果你没当过怪胎，永远不会知道人群对怪胎有多残忍。怪胎会被挑剔、怪胎会被污蔑、怪胎会被排斥、怪胎会被伤害。

  很多年后我才真的明白，爸爸对我热衷于写作的反对，与其说我破坏了他望女成凤的规划，不如说他是害怕我太过特立独行而受到伤害。归根结底，他只是想保护我而已。

  无法赢得父亲的认同，除了让我沮丧也让我时刻保持清醒，看得到自己的不足，而来自姐姐的无条件的力挺和鼓励更显得弥足珍贵。至于妈妈，她没说过支持也没说过反对，但我始终记得我完成人生中第一篇小说时她发自内心的赞赏的态度，她看了我随手写的作文后回味着绽放的微笑，这才是驱动我咬定梦想不松口的真正原动力。

  我妈是相信我的。我源自她，所以她的相信天高地厚，于我而言，就是一切。

附录：妈妈咪呀

十四

身为一个资深的文艺青年，保持众人皆醉我独醒的矫情姿态是每天必修的功课。

一次，阖家出游的路上，我没话找话向妈妈说："现在这些国产狗血连续剧能收视率这么高，都是因为你们这些家庭妇女在追捧。多恶心多智障你们都买账，简直了！"

妈妈憨憨地笑着，对我不得体的调侃不以为意。姐姐忽然怒斥我："不许这么说妈妈！"我吓了一跳，虽然不明就里，但还是立即安静下来，不敢再多说一个字。

我和姐姐的生活都各自步入正轨之后，妈妈总算可以开始享受含饴弄孙的幸福晚年。我发现家里开始有一些和妈妈年纪相仿的阿姨们出现。妈妈和她们一起吃饭、一起打牌、一起逛街，妈妈显露出我从未见过的贪玩活泼的一面。

这几位都是妈妈年轻时的闺蜜，妈妈结婚后一人带两个孩子，哪里还有交际的时间，所以和这几位昔日的好姐妹渐渐疏远。因为妈妈白发最多，而且这几位阿姨不管什么事都听我妈的，我一度以为妈妈是她们之中最大的。

"你妈最小呢！那时整个蔬菜队就你妈最小。"阿姨们纷纷向我说。

我表示不相信："怎么感觉你们都听我妈的啊？"

"一直都这样啊。你妈最能说会道了，又拿得定主意。"

一定有什么地方搞错了吧？在我的记忆中，妈妈从来不会和任何人争辩，有时候简直有些木呆呆的。

"有人欺负我们了她还能带着我们去理论，每次都能讲赢。"

"你妈做姑娘的时候可是我们那儿的这个……"一位阿姨抬起搓在麻将上的一只手，竖了竖大拇指，"人人都夸她能干的。"

妈妈在一旁笑，不再是我熟悉的那种一团和气的微笑，而是带着几分得意扬扬。

我忽然想到妈妈可是属龙的狮子座，那么在她年轻的时候把一群比她年长的大姐姐凝集在身边，对她马首是瞻，似乎也不是完全不可能的事。

十三

为了更好地照顾宝贝大外孙，爸妈斟酌很久之后，决定随姐姐一起在国外定居。令他们踌躇不定的当然就是同样宝贝的小女儿——我。不过虽然爸妈各种牵挂，我却相当享受这种脱缰野马般的自由。

过分放飞自我的下场就是我倒了个超级大霉。

那年春节前，我订好了机票，和爸爸妈妈姐姐约好一起共度良辰佳节，临出发前没几天，我开开心心跑去逛商场，寒冬腊月的短呢子裙不过膝靴，打底裤袜都不肯穿，逛完街连吃了两个超大杯的冰激凌，一个在店里吃完了，另一个拿着在回家的路上一边走一边吃。

冷风和冰激凌一起灌进肚子，当天晚上我就觉得不舒服了，妈妈打电话来发现我声音不对，叮嘱我赶紧去买药。我心想，小感冒而已，多喝点热水就能扛过去了。

一天过去了。两天过去了。

妈妈打我电话我一直没接，她不放心让我姑姑拿着我家的备用钥匙强行开了门。我当时瘫在沙发上，已经处于半昏迷状态。

附录：妈妈咪呀

小时候我读《水浒传》，读到打虎英雄武松因为患了伤寒而病恹恹的、英雄气短，我还觉得不可思议。这段亲身经历实打实地给我上了一课，感冒有时真的猛于虎！

大年三十那晚我被送进医院，没过多久医生下了病危通知，我姑姑我伯父都被吓坏了，商量之后决定立即通知我爸妈。本来还在异国翘首等着我的航班抵达、我们一家人喜迎新春的爸妈，接到了那个电话。我当时无力说话，但能听见他们说了什么。

最初是爸爸接的电话，听完姑姑说明情况，爸爸很轻地反问了一句"什么"，然后许久都不再出声，我猜他可能是吓蒙了。

"行，我们知道了。"

我听见了妈妈的声音，干脆利落，她开始一二三四五条理很清楚地向姑姑他们交代各种事情。电话最后，她说了一句："保持联系。"听不出慌乱，也听不出伤心。

过了一会儿，我睡着了。大约医生用的药起了作用，本来手脚冰凉的我渐渐回温，病房里暖气很足，我越睡越觉得暖和，然后我梦见了春天，梦见了明媚阳光下有一棵花树，一切都暖暖的、香香的。在梦里，我完全忘记自己大年里滞留病房生死一线的恐惧和凄凉。

那一晚我睡得特别安稳，觉得自己很安全。就是在我生死攸关那一刻，我妈实力演绎了关于她的第十二个基本属性：霸气和果决。她真是属龙的狮子女。

十六

我的狗屎运再度救了我一命，虽然过程十分凶险，但我最后还是

顺利过关。之后将这次濒死的经历当作笑话讲给别人听，丝毫不知道要反省自己处世的莽撞。

接下来的生活风平浪静。爸爸妈妈定期回国，然后我们就一起出去游山玩水。因为约定出发的时间很早，天还黑蒙蒙的时候我就出门去父母家和他们汇合。我快到的时候，妈妈已经在楼下等。

她站在路灯下，被照得亮亮的，光束很大，她显得很小，大约有点冷的缘故背有些拱着，她冲着正向她走近的我微笑，笑容很浅却无限温柔。

刹那间我忽然意识到妈妈的脆弱，路灯下的她简直像一片干枯的叶子，稍微大力地捏一下，就会碎掉似的。她怎么看上去那么疲惫和苍老？

时间像是格外针对她一样，残忍地加快了转速。

这是我第一次意识到，我自恃妈妈对我的深爱从来没站在她的角度为她想过哪怕一次、哪怕一秒。我躺在医院里动都不能动时她表现出的冷静，并不代表这件事对她就没有冲击，没有伤害。

她不抱怨，不指责，是因为她习惯了沉默，习惯了无私。母亲的爱，让所有曾经花朵般明媚可爱的少女最终物种变异成长为大树，给予孩子依靠、给予孩子遮蔽、给予孩子攀附着越走越高的机会。

她们越来越稳固遒劲，也越来越沉默和庸常。除了在孩子遇到危难时，她们始终沉默着，熔岩般炽烈的内在情感和力量，永远只是静静地酝酿、等待、守望着……

我忽然明白了那次姐姐突然发怒的原因。我们的妈妈现在确实很无趣，没事就在朋友圈转发可笑的心灵鸡汤、看狗血国产连续剧看得如痴如醉、呼朋引伴去跳广场舞也能成为一大爱好，因为她心里实在很累。

她的精气神都不足以支撑她去头角峥嵘、个性鲜明、大声表达自

附录：妈妈咪呀

己的观点，就像我现在。但我的现在，是我妈铺垫的。

所以谁都可以笑话妈妈庸俗，唯独我不可以。

十七

后来我想，如果妈妈和我是同时代的人，我们之间没有血缘关系，我们说不定会形同陌路。我笨拙、张狂，不算太善良，偏激又孤僻，撇除母女关系之后，像我妈这种灵巧整洁、和气大度、与人为善的好人一定不愿意和我这样的人做朋友。完全不是一路人啊！

但她是我妈妈，不管她曾有过多鲜明的个性、多强烈的自我，只要我喊她一声妈妈，她立即就会身不由己地被吸入驱动着人类繁衍至今的那个巨大的名词：母亲。她只能卑微地予取予夺，温柔到面目模糊。

说起来我们是母女，长幼有序，但讲道理啊，我的地位从来都是凌驾在她之上的。说起来我是女儿，但实际上我根本就是个劫持了她的人生的匪徒啊。

也许别的妈妈反抗过，但我的始终散发着二傻子式的憨气的妈妈，她从未抗拒过。

我知道并不是每个人都能享有如此纯粹的母爱，但是我很幸运。

我一直都有极其强烈的自信心，哪怕受尽挫败人生触底的时候，我依旧会坚定地相信这个世界是善待我的，我很快就会好好的。这种自诩自己是"天之骄子"的迷之自信，是因为在我还很幼小、视母亲为整个天地的时候，她在我心中埋下了一粒珍贵的种子：因为她爱我，所以天地万物都爱我。

那粒珍贵的种子随着我的成长渐渐壮大成一种无形却坚实的铠

甲，保护我的灵魂不会受到毁灭性的伤害。我永远有退路，不管多绝望的时候，我都可以退入那粒种子，那里总有光。那里有妈妈。

我曾用得了便宜还卖乖的矫情态度向妈妈大放厥词："我大概只能成为一名优秀的作者，而不能超凡脱俗成为伟大的文学家，因为我小时候你们没有虐待过我，没有任何悲惨的事发生在我的童年，所以我对人心的丑恶天然缺乏领悟能力，每当我想深入蕴藏着人类本性真正暗面的潜意识深处，都会被即时反弹。这都怪你。"

妈妈目瞪口呆地看着我，她蒙的程度应该和她言之凿凿地对我说"我就腰酸了一下然后你就出生了"时的我一样。

对于最受妈妈宠爱的小女儿，大女儿当然是有意见的："妈妈一直都偏爱你，你时不时惹点事，成天不靠谱，可是她心里想着你的时候就是比我多。"姐姐不止一次这么抱怨。

过去听到姐姐这么说我还会嘟瑟，但现在只有唏嘘。妈妈对我们姐妹的不公，恰好体现了她的无私。明明姐姐更懂事更孝顺更成功，更能反哺父母，但她却选择偏向我。

动物界里，母畜有时会选择放弃弱小的后代，确保强壮的后代有更大的存活机会，但人类的母亲不是这样，她们总是尽力护住每一个孩子，确保他们都有好好活下去的机会。

我妈对我的偏爱并不是因为我有多可爱，而是她不得不更担心那个总是闯祸的孩子。我想这就是关于我妈的最后一个基本属性，也是母性的本质属性：伟大。